이육사를 읽다

이육사를 읽다

강철 같은 의지와
무지개 같은 희망의 시

전국국어교사모임 지음

머리말

북쪽 툰드라. 그 혹독한 겨울 속에서 강철로 된 무지개를 떠올린 이육사. 청포를 입고 올 손님을 기다리며 그와 함께 목 놓아 노래 부를 날을 기다린 이육사. 겨울을 이겨내는 그의 시는 마침내 우리 마음속 꽃성이 되어 목 놓아 함께 부르는 시가 되었다.

수인번호 264. 이를 자신의 이름으로 삼았다는 원록, 이육사. 이육사의 삶은 그대로 일제강점기를 살아낸 우리 민족의 삶이었다. 나라를 가슴에 품고 나라를 되찾기 위해 36년을 치열하게 살아낸 우리 민족의 삶이 곧 이육사의 삶이었다. 우리는 이육사의 시와 삶을 읽으며 당시의 시대를 읽는다.

대체로 우리는 이육사의 시를 저항시의 범주에 놓는다. 분명 이육사의 시에는 일제강점기라는 암울한 시대를 이겨내려는 굳은 의지가 잘 드러난다. 그러나 이육사의 시를 독립운동가가 쓴 저항시로만 읽는 것은 그의 시를 상당히 좁혀서 감상하는 일이라 생각한다.

그는 어두운 동굴에서 광활한 대륙을 꿈꾸었다. 하늘이 처음

열렸던 시간부터 천고의 뒤를 노래했다. 하늘도 끝난 북쪽 툰드라에서도 제비 떼가 까맣게 날아오는 것을 상상하였다. 그의 시심은 한반도를 넘고, 암울한 시대를 넘는 것이었다. 시공간을 넘나들며 노래와 꽃으로 미래를 그려냈다. 한국의 근대시사에서 이육사처럼 긴 시간과 넓은 공간을 이야기하는 시인은 드물다. 그는 이 긴 시간과 넓은 공간을 통하여 암울한 시대에 긍정의 미래를 노래한 시인이다.

암울했던 시대에 미래를 노래하는 힘은 어디에서 온 것일까? 지치지 않고 마지막까지 행동할 수 있었던 힘은 어디에서 온 것일까? 그것은 아마도 스스로를 믿었기에, 밝은 미래가 반드시 올 것이라는 믿음이 있었기에 가능했을 것이다. 그래서 우리는 그의 시에서 희망과 의지를 읽게 된다. 일제강점기를 온몸으로 살아낸 그의 시를 읽으면서 우리의 삶의 자세를 생각하게 된다.

이 책은 이육사 시를 먼저 접한 선배가 이육사 시를 접할 후배에게 이육사 시를 좀 더 쉽게 만날 수 있도록 안내하는 책이다. 이 책을 읽으며 이육사 시의 매력을 느낄 수 있었으면 좋겠다. 그리하여 우리의 청소년들이, 바삐 사는 현대인들이 이육사의 넓고 깊은 시 세계를 즐겁게 여행하면 좋겠다.

권진희. 원혜령. 이정관

차례

일러두기

1. 이육사 시의 원본은《원전주해 이육사 시전집》(박현수, 예옥)을 참고하였습니다.

2. 원본 중 한자는 모두 한글로 바꾸었습니다.

3. 현대어로 바꾼 것은《원전주해 이육사 시전집》을 참고하였고, 더 바꿀 필요가 있는 것들은 선생님들과 협의하에 가장 적절한 것으로 선택하여 바꾸었습니다.

4. 원문을 현대어 표기법에 맞게 맞춤법과 띄어쓰기 등을 바꾸었고, 원문의 뉘앙스를 살려야 할 필요가 있는 시어들은 그대로 살려두고 각주를 달아 설명하였습니다.

5. 마침표나 쉼표 등은 꼭 필요한 경우가 아니면 원문과 같게 표시하였습니다.

01

이육사의 삶과 작품 세계

이육사의 삶

> 그의 얼굴은 둥근 편이었다. 뚜렷한 달덩이 같은 얼굴이란 표현은 그와 같은 용모를 말함이리라. 얼굴빛이 그리 희지는 않았지만 유리처럼 맑고 깨끗하고 구김새가 없었다. 한 점 티끌이 없는 얼굴이었다. 그 위에 상냥하고 관대하고 친밀감을 주는 눈과 조용한 말씨, 제일류의 신사적인 품격을 지니고 있었다. 이러한 그의 모습은 그가 생래로 타고난 천품이었음은 물론이겠으나, 우리나라 유학의 거종을 선조로 한 그의 가계나 또는 그가 중국에 오래 유학하여 그곳의 문물에서 체득해 온 결과라는 것도 또한 의심할 바 없다.

이육사와 친하게 교류했던 신석초 시인이 〈이육사의 인물〉이라는 수필에서 언급한 이육사의 인상이다. 이육사는 "언제나 철마다 새 옷을 갈아입고 언제나 옷매무새가 단정하고 여름에도 타이를 풀지 않는 예의 바른 모습을 하"였다. "말이 많은 편도 아니었고 자기를 결코 과장하지 않았다. 자기의 일은 거의 말하지 않았다. 친구들과 이야기를 할 때에도 문제의 핵심을 헤치지 않고 조용히 기다리는 것이다. 상냥하고 매력 있는 그의 미소로 모든 국면을 타개해 나"가는 사람이었다.

이육사는 1904년 5월 경북 안동에서 태어나 1944년 1월 북경에서 옥사하기까지, 40년의 짧은 생을 불꽃처럼 살았다. 그의 행적에 대해서는 지금도 연구 중이지만 다른 시인보다 남겨진 자료가 부족한 것은 어찌 보면 당연한 일이다. 밝혀질 수 없는 행적들이 존재하고, 그 기간이 길기 때문이다. 이는 이육사가 지사로서, 독립운동가로서 그만큼 치열하게 살았다는 의미이기도 할 것이다.

이육사는 1904년 5월 18일(음력 4월 4일) 경상북도 안동군 도산면 원촌리(현재 안동시 도산면 원천리) 881번지에서 태어났다. 그의 아버지 이가호는 퇴계 이황 선생의 13대손이며, 그의 어머니 김해 허씨는 의병장으로 활약한 허형의 딸이다. 이처럼 이육사의 외가와 친가는 모두 강렬한 항일 투쟁의 역사를 갖고 있었다. 이육사는 원기, 원록, 원일, 원조, 원창, 원호 육 형제 가운데 둘째였다. 그의 동생 이원조는 당대에 널리 알려진 비평가였으며, 육 형제는 남달리 우애가 두터웠다고 한다. 부모가 돌아가시기 전까지 한집에서 분가하지 않고 살았으며, 의열단 활동으로 원기, 육사, 원일이 감옥에 끌려갔을 때는 서로 자신을 고문하라고 대들었다는 일화가 전해진다.

이육사는 여섯 살 때 할아버지에게 소학을 배웠고, 그 후 십여 세까지 집안 소년들과 한학을 공부했다. 이어서 고향의 도산공립보통학교를 다녔다. 수필 〈은하수〉에서도 언급했듯이 어린 시절 그는 집안 형제들과 한시를 지어 암송하기도 하고, 할아버지께 별자리 이름과 전설에 얽힌 이야기를 들으며 자랐다. 이육사는 이 시기를 집안 어른들로부터 "학교 교육 이전의, 조선 교육사의 일부"를 몸소 체험한 시기라고 회고하였다.

이육사는 1921년 봄, 안일양과 혼인을 하고 백학학원에서 수학한 후 일본, 중국에서 공부했다. 1927년 여름, 중국에서 귀국한 이육사는 그해 10월 장진홍 의사(義士)의 조선은행 대구지점 폭파 의거에 연루되어 1년 7개월 동안 옥고를 치른 후 풀려났는데, 결국 무혐의판결을 받는다. 이때 그의 수인 번호 264를 이름으로 삼았다는 일화는 널리 알려져 있다. 수인 번호를 이름으로 사용한 것을 두고 일제강점기 속에서 지식인은 영원한 죄인이라는 자조의 의미와 함께 앞으로도 조국을 위해 죄인이 되겠다는 다짐의 의미로 해석하기도 한다.

육사의 또 다른 해석으로는 1932년 1월 그가 조선일보 대구지국 기자이던 시절에 필명으로 사용한 육사(肉瀉)를 들 수 있다. 이때의 육사는 '고기를 먹고 설사한다.'라는 뜻이니, 세상을 지독하게 비아냥거린 셈이다. 또 '육사(戮史)'라는 호를 쓴 적도 있다. 일찍이 석재 서병오로부터 배운 그림 솜씨를 발휘하여 매화 한 폭을 그리고 그 옆에 '육사(戮史)'라고 썼다고 한다. 그러자 집안 어른인 이영우가 이를 보고 "육사(戮史)는 역사를 죽인다는 표현이니, 혁명을 일으키겠다는 말이 아닌가? 의미가 너무 노골적으로 드러난다. 차라리 같은 의미를 가지면서도 온건한 표현이 되는 육사(陸史)를 쓰는 게 좋을 것 같다." 하고 권했다. 이 말을 들은 이육사는 그 자리에서 육사(陸史)로 바꿔 썼다고 한다. 이렇듯 많은 육사를 통해 우리는 그 이름에 일제강점기를 혁명으로 극복하고자 하는 그의 굳은 의지를 확인할 수 있다.

장진홍 의사 의거로 석방된 이후에도 그는 구속되고 석방되기를 반복하였다. 《중외일보》, 《조선일보》 대구지국 기자로 활동하는 동안에도 대구청년동맹 간부로, 여러 사건의 관련자로 거듭 옥고를 치렀다. 광주학생항일운동이 확산되자 대구청년동맹 간부로서 붙잡혔고, '대구격문사건'(대구 거리에 일본을 배척하는 내용의 격문이 전봇대에 붙고 거리에 뿌려진 사건)으로 붙잡혔다 풀려나기를 반복하였다. 많은 옥고로 쇠약해진 몸을 추스르기 위해 이영우의 집에서 두 달 동안 쉬면서 건강을 회복하기도 하였다.

1931년부터 만주, 펑톈,• 베이징, 톈진 등에 머물다 귀국하기를 반복하다가 1932년 10월에 난징 근교 탕산에서 문을 연 '조선혁명군사정치간부학교' 1기생으로 입교하여 군사 간부 교육을 받았다. 조선혁명군사정치간부학교는 무력항일단체인 의열단이 '한

• 중국 만주 랴오닝성에 있는 도시. 1932년 일본이 만주국을 세우면서 펑톈으로 이름을 바꾸었다가, 1950년 이후 원래의 이름인 '선양'으로 바뀌었다.

국의 절대 독립'과 '만주국 탈환'을 목적으로 독립운동 군사 간부를 양성하기 위해 설립한 학교이다. 1기생은 이육사를 포함해 모두 26명이었는데, 졸업생들의 활동 방침은 '일제 요인 암살'과 '조선과 만주의 혁명 준비 공장'이었다고 한다. 이육사가 여러 차례 옥고를 치른 것은 이러한 경력 때문일 것이다. 이육사는 조선혁명군사정치간부학교를 졸업하고 국내 투쟁을 위해 다음 해 귀국했지만, 본격적인 활동을 하기도 전에 체포되어 가혹한 옥고를 또다시 겪었다. 1934년에는 조선혁명군사정치간부학교 출신임이 드러나 구속되었다가 풀려났다.

이후 이육사는 문학창작과 시사평론 발표 등 활발한 문필 활동을 한다. 1935년 〈춘수삼제〉, 〈황혼〉을 시작으로 1939년 〈청포도〉, 1940년 〈절정〉 등을 발표하며 본격적으로 시 창작 활동을 이어나갔다. 1941년에 발표한 〈파초〉를 마지막으로 1943년 다시 북경에 갔다 귀국한 뒤 검거되어 북경으로 압송되었다. 그날 이후 그는 살아서 다시 조국에 돌아오지 못했다. 해방을 한 해 앞둔 1944년 1월 16일 새벽 다섯 시, 이육사는 40세의 나이로 북경의 감옥에서 순국하고 말았다.

그의 유품 속에서 유고 〈광야〉, 〈꽃〉이 수습되어 1945년 12월에 발표되었고, 그의 첫 시집이자 유고 시집인 《육사시집》은 1946년 아우인 문학평론가 이원조에 의해 발간되었다. 이 시집에는 〈소년에게〉, 〈나의 뮤-즈〉, 〈해후〉가 새로 발견되어 포함되었고, 이

후 판본을 거듭하면서 〈바다의 마음〉, 〈편복〉 등 새롭게 발굴된 시가 더해졌다.

시 전문 동인지 《자오선》에서 함께 활동했던 동료 시인들인 윤곤강, 김광균, 오장환, 이용악이 공통으로 쓴 1946년 《육사시집》 서문에는 짙은 비감이 담겨 있다.

> 서울 하숙방에서 이역야등(異域夜燈) 아래 이 시를 쓰면서 그가 모색한 것은 무엇이었을까. 실생활의 고독에서 우러나온 것은 항시 무형한 동경이었다. 그는 한평생 꿈을 추구한 사람이다. 시가 세상에 묻지 않는 것은 당연한 일이다. 다만 안타까이 공중에 그린 무형한 꿈이 형태와 의상을 갖추기엔 고인의 목숨이 너무 짧았다. 유작으로 발표된 〈광야〉, 〈꽃〉에서 사람과 작품이 원숙해 가는 도중에 요절한 것이 한층 더 애달픔은 이 까닭이다.

수인 번호로 필명을 사용했다는 유명한 일화처럼 이육사는 온몸으로 일제강점기를 살아냈다. 17번의 옥고를 치르고 피고름을 받아내는 모진 고문과 일제의 감시를 받으며 살았던 이육사는 민족의 고난을 자신의 고난으로 받아들이며 민족 해방을 위해 치열하게 살았다. 이육사가 태어난 이듬해인 1905년, 일제가 대한제국의 외교권을 강탈한 을사늑약이 체결되었다. 그리고 이육사가 순국한 이듬해 마침내 해방을 맞았으니, 그는 말 그대로 일제강점기를 온몸으로 살아낸 것이다. 그런 그를 민족 시인이라 부르는 데 이의를 제기할 사람은 없을 것이다.

민족 시인인 이육사는 불꽃 같은 시인이기도 했다. 수필 〈계절의 오행〉에서 그는 "시를 쓸지언정 유언을 쓰지 않겠"다고 당당히 고백한다. 오직 "행동의 연속만이 있을 따름이오, 행동은 말이 아니고, 나에게는 시를 생각하는 것도 행동이 되는 까닭이"라는 고백을 통해 그가 어떠한 마음으로 〈절정〉을 쓰고, 〈광야〉와 〈꽃〉을 썼는지 짐작하게 한다.

그러나 불꽃 같은 그의 삶에서 어찌 두려움과 회한이 없었을까. 그는 17번의 옥고를 치르며, "목숨이란 마치 깨어진 뱃조각" 같고 "서해를 밀항하는" 것 같이 "쫓기는 마음! 지친 몸"(〈노정기〉)이었을 것이다. "회한을 사시나무 잎처럼 흔드는"(〈서풍〉) 두려운 마음을 안고 "서리 밟고 걸어간 새벽길"(〈연보〉)을 나서며 "사상선도(일제의 기관원)의 염탐 밑에 떨"(〈실제〉)었을 것이다.

별과 무지개가 보이지 않는 북쪽 툰드라에서 강철로 된 무지개를 기다린 시인. 청포를 입고 올 손님을 기다리며 그와 함께 목 놓아 노래 부를 날을 기다린 시인. 이육사의 삶과 시는 일제 강점기라는 우리 역사의 암흑 속에 눈 속 깊이 움직거리는 꽃맹아리였고, 가난한 노래의 씨앗이었다. 그리하여 그의 삶과 시는 마침내 우리의 마음속에 꽃성이 되어 목 놓아 함께 부르는 노래가 되었다.

이육사의 작품 세계

이육사 문학의 뿌리는 한학이다. 이육사는 어릴 때 고향에서 형제들과 함께 조부에게 한학을 배웠다. 수필 〈전조기〉에 "내 나이 여섯 살 때 소학을 배우고"라는 구절이 나오는데, 이때부터 한학을 공부한 듯하다. 수필 〈은하수〉에는 어린 시절 공부하는 모습이 잘 기록되어 있다.

> 내 나이 칠팔 세쯤 되었을 때 여름이 되면 낮으로 어느 날이나 오전 열 시쯤이나 열한 시 경엔 집안 소년들과 함께 모여서 글을 짓는 것이 일과였다. 물론 글을 짓는다 해도 그것이 제법 경국문학도 아니고 오언고풍이나 줌도듬을 해보는 것이었지마는 그래도 그때는 그것만 잘하면 하는 생각에 당당히 열심을 가졌던 모양이었다. 그래서 글을 지으면 오후 세 시쯤 되어서 어른들이 모여 노시는 정자나무 밑이나 공청•에 가서 고르고, 거기서 장원을 얻어하면 요즘 시 한 편이나 소설 한 편을 써서 발표한 뒤에 비평가의 월평 등류

에서 이러니 저러리 하는 것과는 달라서 그곳에서 좌상에 모인 분들이 불언중• 모두 비평위원들이 되는 것이고…… (중략) ……
그런데 이 강이란 것도 벌써 경서를 읽는 처지면 중용이나 대학이면 단권책이니까 그다지 힘들지 않으나마 논어나 맹자나 시전 서전을 읽는 선비라면 어느 권에 무슨 장이 날는지 모르니까, 전질을 다 외우지 않으면 안됨으로 여간 힘드는 일이 아니었다. 그래서 십여 세 남짓 했을 때 이런 고역을 하느라고 장장추야에 책과 씨름을 하고 밤이 한 시나 넘게 되어 영창•을 열고 보면 하늘에는 무서리가 나리고 삼태성•이 은하수를 막 건너선 때 먼데 닭 우는 소리가 어즈러히 들리곤 했다.

• 관가(官家)의 건물.
• 말하지 않을 때.
• 방을 밝게 하기 위하여 방과 마루 사이에 낸 두 쪽의 미닫이.
• 큰곰자리에 있는 자미성을 지키는 별. 각각 두 개의 별로 된 상태성(上台星), 중태성(中台星), 하태성(下台星)으로 이루어져 있다.

칠팔 세에 집안 소년들과 함께 글을 짓고, 그 글에 대해 평을 들으면서 자랐으며, 십여 세에는 벌써 경서를 읽을 줄 알았다. 어린 시절에 이미 한학의 고급 과정까지 독파했음을 볼 때 그가 익힌 한학은 이육사에게 전통과 주체성을 내면화시켰을 것이다. 이를 반영하는 듯 그의 시는 행과 연의 구성이 치밀하고 정형화된 틀을 유지한다.

한학을 기초로 하고 있지만 이육사는 새로운 근대 문명과 사상을 받아들이는 데도 적극적이었다. 폭넓은 책 읽기와 일본, 중국으로의 유학 경험은 근대의 지식과 사상을 체계적으로 흡수하도록 해주었다. 새로운 지식과 문학에 대한 이육사의 열망은 그의 폭넓은 책 읽기에서 간접적으로 엿볼 수 있다. 이육사가 탐독한 서양의 작가와 사상가들은 세익스피어와 보들레르를 비롯해, 에밀 졸라, 발자크, 루이스, 괴테, 하이네 등으로 그 수가 결코 적지 않다. 또한 당대 중국의 명망 있는 작가 루쉰과 서지마•를 비롯해, 중국 문학과 사회 전반에 대한 정통한 지식도 갖추고 있었다.

많은 사람들이 이육사를 시인으로만 알고 있지만, 그는 시뿐만 아니라 소설, 수필, 비평, 번역에 걸친 다양한 갈래의 글을 남겼다. 글에서 다룬 주제 또한 사회, 정치, 경제, 그리고 영화예술에 이르기까지 매우 폭넓고 다채롭다.

이육사가 남긴 다양한 글 중에서 가장 빼어난 갈래는 역시 시이다. 이육사는 생전 한시와 시조를 포함해 40편(이활로 발표한 〈말〉 포함 36편, 한시 3편, 시조 1편)의 시를 남겼다. 일반적으로 그의 첫 작품은 조선일보 1930년 1월 3일 자에 실린 시 〈말〉로 여겨지는데, 이 시는 그가 '이활'이라는 이름으로 발표한 작품이다.

• 중국 현대시의 개척자. 아시아 최조의 노벨 문학상 수상자이자, 현대 인도 문학을 대표하는 시인 R.타고르가 중국을 방문했을 때 통역을 맡아 그의 문학을 중국에 소개했다. 시집《피렌체의 일야》,《즈모의 시》,《맹호집》 등을 썼다.

말

흐트러진 갈기
후주근한 눈
밤송이 같은 털
오! 먼 길에 지친 말
채찍에 지친 말이여!

수굿한• 목통
축 처-진 꼬리
서리에 번적이는 네 굽
오! 구름을 헤치려는 말
새해에 소리칠 흰 말이여!

• 고개를 조금 숙인 듯한, 흥분이 꽤 가라앉은 듯한, 꽤 다소곳한.

1930년 경오년의 '백말'의 해를 맞이해 움츠러들었던 지난해의 자신을 정리하고, 새해에는 백마의 기상을 갖고 다시 재도약하고자 하는 결의를 표현한 시이다. 지친 자신의 모습을 시적 상관물인 '말'을 통해 투사하고 있는 이 시는 마음의 균형을 잘 유지하고 있다. 이육사는 4형제와 함께 모진 고문을 당하며 1년 7개월간 억

울한 옥고를 치르고 나온다. 이 시는 옥에서 나온 후에 쓰인 시로 보이는데, 20대 청년의 목소리로는 매우 정제되고 안정되어 있음을 알 수 있다.

이후 발표된 시가 1935년 6월 《신조선》에 실린 〈춘수삼제〉이다. 5년 넘게 시를 쓰지 않았다는 점, 이활이라는 이름으로는 시를 발표하지 않았다는 점 등을 이유로 〈말〉이 이육사의 시인지 아닌지 논란이 일곤 했지만 지금은 대체로 이육사의 시로 인정하고 있다.

우리는 이육사의 시를 저항시의 범주에만 가둬두고 감상하려는 경향이 있다. 분명 이육사의 시에는 일제강점기라는 암울한 시대를 이겨내려는 굳은 의지가 잘 드러난다. 그러나 시대 상황만을 토대로 시를 읽으면 이육사 시의 맛이 제대로 살아나지 않는다. 그래서 여기서는 노래, 시간, 공간이라는 키워드로 이육사 시의 특성을 이야기해 보고자 한다.

가. 이육사의 노래

이육사의 시를 읽어보면 유독 노래에 관한 시가 많다. 노래를 소재로 한 시들을 살펴보면 다음과 같다. 〈한 개의 별을 노래하자〉, 〈해조사〉, 〈강 건너간 노래〉, 〈광야〉, 〈나의 뮤-즈〉 등이다. 각 시에서 노래의 의미는 조금씩 다르지만 대체로 노래는 희망과 기쁨, 소통의 의미를 담고 있다.

한 개의 별을 노래하자 꼭 한 개의 별을
십이성좌 그 숱한 별을 어찌나 노래하겠니

〈한 개의 별을 노래하자〉에서

〈한 개의 별을 노래하자〉에서의 노래는 희망의 노래이다. 설움밖에 없는 낡은 이 땅에서 꼭 한 개의 별을 노래하는 것은 아름다운 미래를 희망하는 것이다. 절망의 땅에서 별을 노래하는 것은 희망을 잃지 않는 행위이다. 군수야업(軍需夜業)의 젊은 동무들, 사막의 행상대, 화전에서 돌을 줍는 백성들이 모두 한 개의 별을 노래하면 결국 십이성좌 모든 별을 노래하게 될 것이라고 말한다.

거인의 탄생을 축복하는 노래의 합주!
하늘에 사무치는 거룩한 기쁨의 소리!
해조는 가을을 불러 내 가슴을 어루만지며
잠드는 넋을 부르다 오- 해조! 해조의 소리!

〈해조사〉에서

해조의 소리는 거인의 탄생을 축복하는 합주의 노래가 된다. 거룩한 기쁨의 소리가 된다. 아무도 찾지 않는 화자를 찾아와 화자의 가슴을 어루만지는 소리가 된다. 해조의 소리는 새로운 생명의 탄생을 알리는 노래가 된다. 이 시에서 노래는 탄생을 축복하는 소리이고, 기쁨의 소리이다. 내 가슴을 어루만지며 잠드는 넋을 부르는 소리이다. 이 시의 노래는 탄생과 기쁨의 의미를 가지고 있다.

선달에도 보름께 달 밝은 밤
앞내강 쨍쨍 얼어 조이던 밤에
내가 부른 노래는 강 건너갔소

강 건너 하늘 끝에 사막도 닿은 곳
내 노래는 제비같이 날아서 갔소

〈강 건너간 노래〉에서

이 시의 노래는 화자 자신이 걸어온 길, 추구하는 가치, 소망, 염원 등을 상징적으로 나타낸다. 섣달 보름께, 보름달을 보며 강 건너 어딘가 집 없이 떠돌고 있을 못 잊을 계집애에게 이 노래를 보낸다. 무지개보다 곱게 짜서 보낸다. 노래는 제비가 날 듯이 강을 건너 사막까지 간다. 이 노래가 절망적인 삶을 사는 계집애에게 닿아 암담한 현실 속에서도 위안이 되기를 소망하면서. 그러니까 이 노래는 미래에 대한 희망의 노래이고 위안의 노래라고 할 수 있다.

지금 눈 나리고
매화향기 홀로 아득하니
내 여기 가난한 노래의 씨를 뿌려라

다시 천고의 뒤에
백마 타고 오는 초인이 있어
이 광야에서 목 놓아 부르게 하리라

〈광야〉에서

지금은 눈이 내리고, 봄을 알리는 매화 향기는 아직 아득하게 멀리 있다. 화자는 이곳에서 홀로 추위를 무릅쓰고 가난한 노래의 씨를 뿌린다. 비록 지금 당장 꽃을 피우지는 못할지라도, 노래의 씨앗이 꽃을 피우는 모습을 보지 못할지라도 말이다. 아직 가난한 노래일 수밖에 없지만 천고 뒤에 올 초인은 이곳에서 목 놓아 이 노래를 부를 것이다. 겨울을 이겨내고 매화가 피듯이, 이 힘든 시대를 이겨내고 어느 미래에 백마 타고 오는 초인은 목 놓아 이 노래를 부를 것이다. 그러니까 이 시에서 노래는 희망의 노래이다.

그러나 나와는 몇 천겁 동안이나
바로 비취가 녹아 나는 듯한 돌샘가에

향연이 벌어지면 부르는 노래란 목청이 외골수요
밤도 시진하고 닭소리 들릴 때면
그만 그는 별 계단을 성큼성큼 올라가고
나는 촛불도 꺼져 백합꽃 밭에 옷깃이 젖도록 잤소

〈나의 뮤-즈〉에서

헤아릴 수 없는 긴 시간 동안 '나'와 '나의 뮤-즈'는 신비로운 샘가에서 성대한 잔치가 벌어지면 노래를 부른다. 외골수로 밤이 다하도록 노래를 부른다. 그러니까 이 시에서 노래는 향연의 노래이고 기쁨의 노래이다.

이 시들에서 노래는 일제강점기라는 암울한 시대를 벗어날 수 있으리라는 희망의 표현이다. 그래서 노래를 부르는 것은 기쁨이다. 별을 노래하고 희망의 기쁨을 이야기하며, 새로운 생명의 탄생을 노래한다. 이 노래는 삶의 애환을 가진 사람들에게 위안을 주며, 비록 지금은 아니더라도 미래에 목 놓아 부를 수 있는 노래가 되기를 소망한다. 그래서 이육사는 시에서 외골수로 노래를 부른다. 밤이 다하도록 노래를 부른다.

그리고 이 노래들은 이육사의 시가 된다. 이육사는 그의 시가 지향하는 것을 노래를 통해 표현하고 있다. 그의 시가 어떻게 소통되었으면 하는지를 노래를 통해 이야기하고 있다. 이육사는 자신의 시가 비록 지금은 힘이 없더라도, 결국에는 암울한 절망을 이겨내는 희망이 되길 바랐다. 그래서 '노래'로 표현된 그의 시를 읽다 보면 희망을, 그리고 기쁨을 읽어낼 수 있다.

나. 이육사의 시간

1904년에 태어나 1944년에 죽은 이육사. 일제의 침탈이 시작된 때부터 일제강점기 내내 암울한 시대를 살아야 했던 이육사. 그가 살았던 시절은 암흑이고 겨울이었다. 그래서인지 유독 그의 작품에는 겨울을 소재로 하는 시가 많다.

하늘이 높기도 하다
고무풍선 같은 첫겨울 달을
누구의 입김으로 불어 올렸는지?
그도 반 넘어 서쪽에 기울어졌다

〈실제〉에서

벽에 서려 성에 끼는 한겨울 밤은
동리의 밀고자인 강물조차 얼붙는다.

〈초가〉에서

두 시 모두 계절적 배경이 겨울이다. 서쪽으로 기울어가는 초

겨울 달이 고무풍선처럼 위태롭다. 이 겨울의 밤은 강물조차 얼어붙게 만든다. 시인의 초기 작품인 이 두 편의 시는 암울했던 시대 상황을 겨울이라는 시간 위에 올려놓는다. 기울어가고 얼어붙은 시대를 겨울의 이미지를 통해 표현하고 있다.

선달에도 보름께 달 밝은 밤
앞내강 쨍쨍 얼어 조이던 밤에
내가 부은 노래는 강 건너갔소

〈강 건너간 노래〉에서

시간적 배경은 마을 앞을 흐르던 강도 쨍쨍 얼어붙게 하는 선달 보름께다. 우리나라에서 가장 추운 이 시간에 화자는 노래를 부른다. 굳이 이육사가 이 시간을 배경으로 삼은 이유는 암울한 시대를 이야기하고 싶어서이리라. 모든 것이 얼어붙은 시절. 그럼에도 이육사는 끝내 강 건너로 노래를 불러 보낸다. 얼지 않고 끝내 노래를 부른다.

눈 위에 걸어가면 자욱이 지리라고
때로는 설레이며 파람도 불지

〈연보〉에서

눈 위를 걸어간다. 눈 내리는 겨울을 걸어가는 것은 참으로 고단할 것이다. 그러나 이 고단한 길을 걷다 보면 자국이 새겨질 것이다. 이 자국이, 고단한 발자국이 다시 이 길을 걸을 누군가에게는 이정표가 될 것이다. 그래서 때로는 설레고, 때로는 휘파람도 분다. 그렇게 눈 위를 걸어간다.

이러매 눈감아 생각해볼밖에
겨울은 강철로 된 무지갠가 보다.

〈절정〉에서

매운 계절의 서릿발 칼날이 선 겨울이다. 어디 한발 디딜 곳조차 없다. 이 절박한 순간에 화자는 겨울을 강철로 된 무지개라고 생각한다. 무지개는 만질 수는 없지만 아름다움이고 희망이다. 이육사는 이 극한의 겨울에서 희망을 보고 아름다움을 본다. 겨울을 이겨내고 오는 아름다운 희망의 세상을 본다.

지금 눈 나리고
매화향기 홀로 아득하니
내 여기 가난한 노래의 씨를 뿌려라

〈광야〉에서

지금은 눈 내리는 겨울이다. 봄을 알리는 매화 향기는 아직 아득하게 멀리 있다. 그러나 이육사는 이곳에 가난한 노래의 씨를 뿌린다. 이 겨울이 다 가고 봄이 올 것을 믿는 이육사는 여기에 노래의 씨를 뿌린다. 그가 뿌린 노래의 씨가 자라 천고 뒤에 오는 초인이 목 놓아 부를 수 있도록 말이다.

북쪽 툰드라에도 찬 새벽은
눈 속 깊이 꽃 맹아리가 옴작거려
제비떼 까맣게 날아오길 기다리나니
마침내 저버리지 못할 약속이여!

〈꽃〉에서

북쪽 툰드라의 찬 새벽이라는 혹한의 상황에도 꽃망울이 옴지락댄다. 이 꽃망울은 봄이 오면 활짝 필 것이다. 그래서 제비 떼가 날아오기를 기다린다. 간절하게 봄이 오기를 기다린다. 겨울을 이기고 봄이 오는 것은 저버리지 못할 약속이다. 봄이 와서 꽃성을 이루는 것은 저버릴 수 없는 약속이다. 자연의 순리이다.

이육사의 모든 시의 계절적 배경이 겨울인 것은 아니다. 〈황혼〉에서는 '오월'을, 〈청포도〉에서는 '칠월'을 노래하고 있지만 계절적 배경이 나타나는 시에서는 대체로 겨울이 많다. 이 겨울은 초

창기 시인 〈실제〉나 〈초가〉에서 암울한 시대를 상징하기도 한다. 그러다가 〈강 건너간 노래〉에서는 암울한 시대를 이겨내는 '노래'의 의미를 넣어 겨울을 극복의 대상으로 표현한다. 그러다가 〈연보〉에 와서는 겨울을 이겨내는 설렘을 이야기한다. 〈절정〉, 〈광야〉, 〈꽃〉에서는 겨울을 극복하고 난 후에 오는 봄의 희망을 이야기한다.

겨울 같은 일제강점기를 살아간 이육사는 겨울이라는 이미지를 통해 암울한 시대를, 또 그 시대를 극복하는 희망을 이야기한다. 살아내기 가장 어려운 겨울을 통해 그 겨울을 이겨내고 오는 봄의 희망을 이야기한다.

그리고 이육사의 시간은 끊임없이 이어진다. 이육사의 시간은 과거에서 현재, 미래로 이어진다. 〈광야〉에서 '까마득한 날에'라는 원시의 시간은 '다시 천고의 뒤에' 오는 미래의 시간으로 확장된다. '지금 눈 나'리는 현재의 시간은 과거와 미래 시간과 연결되어 있다. 그래서 지금 '가난한 노래의 씨'를 뿌릴 수 있는 것이다. 또한 〈나의 뮤-즈〉에서 '몇 천겁 동안이나' '향연이 벌어지면' '노래'를 부른다. 끊임없는 시간 동안 노래를 부르는 것이다. 이 시간은 〈파초〉에서 '차라리 천년 뒤 이 가을밤 나와 함께 / 빗소리는 얼마나 긴가 재어보'는 미래의 시간으로 이어진다. 과거와 현재, 미래가 이어져 있는 이육사의 시간은 '겨울'이라는 현재의 시간을 견디고 이겨내게 하는 힘으로 작용해 끝내 현실에 굴복하지 않는 삶의 의지가 된다. 그래서 그의 시는 힘이 있다.

다. 이육사의 공간

> 내 길을 사랑하는 마음, 그것은 나 자신에 희생을 요구하는 노력이오. 이래서 나는 내 기백을 키우고 길러서 금강심에서 나오는 내 시를 쓸지언정 유언은 쓰지 않겠소. 그래서 쓰지 못하면 죽어 광석이 되어 내가 묻힌 척토를 향기롭게 못한다한들 누가 말하리오. 무릇 유언이라는 것을 쓴다는 것은 팔십을 살고도 가을을 경험하지 못한 속배들이 하는 일이오. 그래서 나는 이 가을에도 아예 유언을 쓰려고는 하지 않소. 다만 나에게는 행동의 연속만이 있을 따름이오. 행동은 말이 아니고, 나에게는 시를 생각한다는 것도 행동이 되는 까닭이오. 그런데 이 행동이란 것이 있기 위해서는 나에게 무한히 넓은 공간이 필요로 되어야 하련마는 숫벼룩이 꿇어앉을 만한 땅도 가지지 못한 내라, 그런 화려한 팔자를 가지지 못한 덕에 나는 방 안에서 혼자 곰처럼 뒹굴어 보는 것이오.
>
> **〈계절의 오행〉에서**

이육사는 어떤 유혹에도 움직이지 않는 견고한 마음인 금강심으로 시를 쓰려고 했다. 그에게 시는 '내 길을 사랑하는 마음'이고 '나 자신에 희생을 요구하는 노력'이었다. 그래서 그는 '시를 쓸지언정 유언은 쓰지 않겠'다고 말한다. 이런 이육사에게 시는 말이 아니라 행동이었다. 행동의 한 방식으로 그는 시를 썼다. 그의 시는 행동으로 쓰는 것이었으므로 거기에는 '무한히 넓은 공간이 필요'했다.

이육사의 시에는 무한히 넓은 공간이 등장한다. 가장 대표적인 것이 이국적인 풍경이다. 문명적이고 일상적인 소재보다는 이국적 풍경이 자주 등장한다.

고비사막을 끊어가는 낙타 탄 행상대에게나
아프리카 녹음 속 활 쏘는 인디언에게라도

〈황혼〉에서

코—카서스 평원을 달리는 말굽 소리보다
한층 요란한 소리! 고이한 약탈자여!

〈해조사〉에서

사막은 끝없이 푸른 하늘이 덮여
눈물 먹은 별들이 조상 오는 밤

〈강 건너간 노래〉에서

거리엔 노아의 홍수 넘쳐나고

위태한 섬 위에 빛난 별 하나

〈아편〉에서

그 옛적 사라센의 마지막 날엔
기약 없이 흩어진 두 낱 넋이었어라

〈파초〉에서

북쪽 툰드라에도 찬 새벽은

〈꽃〉에서

그냥 인드라의 영토를 날아도 다닌다오

〈나의 뮤-즈〉에서

이처럼 이육사의 시에는 다양하고 넓은 이국적인 공간이 등장한다. 무한히 넓어진 공간에서 그는 그 공간에 대해 공감도 하고 동경도 하면서 공간 의식을 확대해 나간다. 이러한 공간 의식에 대해 이유식은 "그의 낭만적 기질과 함께 호연지기도 엿볼 수 있"고 "식민지 현실에 대한 반사 작용에서 비롯된 것"이라고 이야기한다.• '한발 제겨디딜 곳조차 없'(〈절정〉)는 상황에서 그는 이국적

• 이유식(1982), 〈이육사 시 연구〉, 《국어교육》 42권.

인 풍경을 통해 광활한 공간을 확보하고 그의 시 세계를 확장해 간다.

그의 시 속에서 이국적인 풍경 못지않게 자주 등장하는 공간은 바로 별(성좌)이다.

한 개의 별을 노래하자 꼭 한 개의 별을
십이성좌 그 숱한 별을 어찌나 노래하겠니

〈한 개의 별을 노래하자〉에서

전설에 읽어 본 산호도는 구경도 못하는
그곳은 남십자성이 비쳐주도 않았다.

〈노정기〉에서

현실은 암흑이지만 좌절하지 않고 고개를 들어 하늘의 별을 노래한다. 희망과 위안을 주는 별은 무지개, 새(공작, 두견, 불사조, 백조, 종달새, 대붕) 등으로 이어지며 닫힌 공간인 현실의 암담함을 극대화하기도 하고, 동경과 소망을 구체화하기도 한다. 지상의 공간에서 천상의 하늘로 공간이 확장되는 것이다.

한국의 근대시사에서 이육사처럼 넓은 공간을 이야기하는 시인은 드물다. 이 넓은 공간을 후대의 우리들은 대륙적 기풍이라고 이야기하지만 이와 같은 공간의 확장은 이육사의 시 의식에서 시작한다. 시를 쓰는 것이 행동이고, 이 행동을 위해서는 무한한 공간이 필요하다는 이육사의 시 의식은 그로 하여금 다른 시인은 가질 수 없는 광활한 공간을 갖도록 했다. 이 광활한 공간은 시간의 영속성과 결합해 이육사 시의 예술성을 높인다.

02

키워드로 읽는 이육사 시

춘수삼제

황혼

한 개의 별을 노래하자

해조사

노정기

강 건너간 노래

연보

소년에게

남한산성

청포도

절정

광인의 태양

일식

교목

서풍

자야곡

파초

광야

꽃

나의 뮤-즈

편복

춘수삼제

1

이른 아침 골목길을 미나리 장수가 기-ㄹ게 외우고 갑니다.
할머니의 흐린 동자는 창공에 무엇을 달리시는지,
아마도 X에 간 맏아들의 입맛을 그려나 보나 봐요.

2

시냇가 버드나무 이따금 흐느적거립니다.
표모의 방망이 소린 왜 저리 모날까요.
쨍쨍한 이 볕살에 누더기만 빨기는 짜증이 난 게죠.

3

빌딩의 피뢰침에 아지랑이 걸려서 헐떡거립니다.
돌아온 제비 떼 포시선을 그리며 날아 재재거리는 건,
깃들인 옛 집터를 찾아 못 찾는 괴롬 같구려.

동자 눈동자.

× 감옥. 일제의 검열 때문에 ×로 쓴 것으로 추정된다.

표모 빨래하는 여인.

피뢰침 벼락의 피해를 막기 위하여 건물의 가장 높은 곳에 세우는, 끝이 뾰족한 금속제의 막대기.

포사선 타원이나 포물선 같은 원뿔 곡선.

춘수삼제

춘수삼제는 봄날의 세 가지 근심이라는 의미이다. 따뜻한 봄이 왔는데도 삶은 근심투성이이다. 옥에 갇힌 큰아들을 그리워하는 할머니, 누더기를 빨래하는 여인, 강남에서 돌아온 제비. 이 셋을 소재로 이야기를 풀어나가는 이 시는 가난하고 소박한 삶을 사는 사람들의 애환을 그리고 있다.

할머니

첫 번째 근심은 옥에 갇힌 큰아들을 둔 할머니의 이야기이다. 이른 아침 미나리 장수가 지나간다. 미나리를 사라는 미나리 장수의 외침은 옥에 갇힌 큰아들을 떠올리게 한다. 큰아들은 아마도 미나리로 만든 음식을 좋아했나 보다. 옥에 갇힌 아들 생각에 할머니의 눈동자는 저 멀리 허공을 헤맨다. 눈물도 흘리시는지 눈동자가 흐리다. 미나리를 맛있게 먹던 아들의 모습을 떠올리는 할머니의 모습이 애처롭다.

빨래하는 여인

햇살이 쨍쨍하다. 바람도 살랑살랑 부나 보다. 시냇가 버드나무가 흔들거린다. 시냇가에는 한 여인이 나와 빨래를 한다. 그런데 그 빨래를 두드리는 방망이 소리가 요란하다. 이 좋은 봄날 빨래하기가 싫은가 보다. 아니 누더기만 빠는 자신의 가난이 짜증 나는지도 모른다. 어디 화풀이도 할 수 없는 여인은 애먼 빨래만 두드린다.

제비 떼

아지랑이가 하늘거린다. 멀리 빌딩의 피뢰침에 아지랑이가 걸려 있다. 봄이다. 강남에서 돌아온 제비들이 재재거린다. 포물선을 그리며 날아다닌다. 그런데 작년에 살았던 옛 집터가 보이지 않나 보다. 제비가 살던 옛 집터의 주인은 어쩌면 가난에 떠밀려 어디론가 떠났나 보다. 가난한 삶은 제비의 집도 사라지게 한다. 애처로운 봄날이다.

이 시는……

만물이 소생하는 봄날. 그러나 가난한 사람들에게 봄은 춘궁기(묵은 곡식은 다 떨어지고 햇곡식은 아직 익지 않아 식량이 부족한 봄철의 때)이다. 이 시는 이런 봄날의 세 모습을 통해 삶의 애환을 그리고 있다.

첫 번째 근심은 이렇다. 할머니의 큰아들은 옥에 가 있다. 그런데 이 시에서 시인은 옥을 옥이라 하지 못하고 ×로 쓴다. 검열을 생각하고 시를 써야 했던 일제강점기의 현실이 이 ×로 그려진다. 할머니는 미나리 장수의 외침에 큰아들이 떠오른다. 큰아들은 옥에 갇혀 있다. 그 큰아들은 봄날의 미나리를 좋아했다. 그 아들에게 미나리로 음식을 해주고 싶다. 그러나 큰아들은 없다. 그래서 할머니의 눈동자는 멀리 허공을 맴돈다. 겨우 상상으로만 아들이 미나리로 만든 음식을 먹는 모습을 떠올려 본다.

두 번째 근심은 이렇다. 시냇가에서 여인이 빨래를 한다. 햇빛이 쨍쨍한 봄날. 겨우내 밀렸던 빨래를 하러 시냇가로 나온다. 이 옷 저 옷 다 보아도 죄다 누더기이다. 누더기만 빨아야 하는 자신의 처지가 짜증이 난다. 그런데도 어디 하소연할 데도 없다. 그냥 방망이로 누더기를 내리치는 수밖에 없다. 시냇가에는 여인의 짜증 난 방망이 소리만 요란하다.

세 번째 근심은 이렇다. 봄이 오니 강남에서 제비가 돌아왔다. 이리저리 포물선을 그리며 제비들이 날아다닌다. 작년에 살던 집터로 가 그 둥우리를

수선해야 하는데 계속 포물선을 그리며 주위를 맴돌기만 한다. 지난해 제비가 떠난 후 집터가 사라졌나 보다. 옛 집터는 흔적이 없다. 사는 게 이러니 아지랑이도 헐떡거리는 것만 같다.

이 세 근심 모두 그 당시 우리 민족의 애잔한 삶의 모습이다. 조금만 옳은 소리를 해도 감옥에 갈 수밖에 없는 현실. 누더기밖에 입을 수 없었던 찢어지게 가난한 삶. 그리고 가난으로 고향을 떠나야 했던 사람들. 이런 현실을 시인은 차분한 묘사를 통해 우리에게 전달한다. 봄날인데도 따뜻한 봄을 느낄 수 없는 당시의 삶을 간결한 묘사를 통해 그려내는 동시에 우리를 애잔하게 만든다.

황혼

내 골방의 커—튼을 걷고
정성된 맘으로 황혼을 맞아들이노니
바다의 흰갈매기들같이도
인간은 얼마나 외로운 것이냐

황혼아 네 부드러운 손을 힘껏 내밀라
내 뜨거운 입술을 맘대로 맞추어 보련다
그리고 네 품 안에 안긴 모—든 것에
나의 입술을 보내게 해다오

저— 십이성좌의 반짝이는 별들에게도
종소리 저문 삼림 속 그윽한 수녀들에게도
시멘트 장판 위 그 많은 수인들에게도
의지할 가지 없는 그들의 심장이 얼마나 떨고 있을까

고비사막을 끊어가는 낙타 탄 행상대에게나
아프리카 녹음 속 활 쏘는 인디언에게라도

황혼아 네 부드러운 품 안에 안기는 동안이라도
지구의 반쪽만을 나의 타는 입술에 맡겨다오

내 오월의 골방이 아늑도 하오니
황혼아 내일도 또 저— 푸른 커—튼을 걷게 하겠지
음음히 사라지긴 시냇물 소리 같아서
한번 식어지면 다시는 돌아올 줄 모르나 보다

-오월의 병상에서

수인 감옥에 갇힌 사람.

의지할 가지 없는 의지할 만한 대상이 없는, 또는 다른 방도가 없는.

끊어가다 가로질러 가다.

행상대 떼를 지어 다니는 행상.

음음히 화평한 모양, 조용한 모양, 침묵을 지키는 모양. 원래 시에는 '정정이'로 표기되어 있으나 '음음이'의 오식으로 보임.

골방과 커튼

따스함이 묻어나는 5월의 황혼 무렵, 화자는 골방에 있다. 골방은 흔히 큰방의 뒤쪽에 딸린 작은 방으로, 바깥과 단절되어 어둡다. 그래서 밀실의 이미지를 가진다. 화자가 있는 이 골방은 커튼으로 가려져 있기는 해도 다행히 작은 창이 있다. 화자는 이 커튼을 연다. 붉은 황혼이 골방에 스민다. 그러고 보면 커튼은 골방을 폐쇄적인 밀실로 만들 수도 있고, 밖의 세상과 소통할 수 있는 장치가 될 수도 있다. 커튼을 여닫는 주체의 의지에 따라 골방은 다른 모습을 가질 수 있다. 화자는 기꺼운 마음으로 이 커튼을 열고 황혼을 맞겠다고 한다. 그 커튼을 내일도 걷겠다고 한다.

황혼

황혼은 해가 지고 어스름해질 때, 또는 그때의 어스름한 빛을 말한다. 스스로 어둠 속으로 사라지면서 더욱 붉은 빛으로 모든 것을 품 안에 안는 황혼. 어둠으로 가기 전의 마지막 빛이면서 동시에 어둠 속에 있는 존재들에게 희미하게나마 빛과 온기를 주는 황혼. 황혼은 그래서 매번 떠날 때면 다시 돌아오지 않을 것처럼 어둠 속으로 홀연히 사라지는 존재이다. 잠깐 동안 왔다 떠나는 존재이다.

황혼을 보내는 대상들

화자는 부드러운 황혼에 뜨거운 입술을 맞춘다. 그리고 이 황혼에 안긴 존재에게도 입술을 보내려 한다. 골방 안의 화자처럼 약하고 가난하고 외로운 존재들에게 황혼의 부드러움과 따뜻함을 보내주려 한다. 그들은 별, 수녀, 수인들, 아랍인 행상, 아프리카 인디언 등 다양하다.

내일

오월의 황혼은 그렇게 짧은 생을 마치고 시냇물처럼 식어간다. 조용히 사라진다. 황혼이 사라진 골방은 아쉬움이 가득하다. 그래서 화자는 내일을 기약한다. 그래도 한번 식으면 다시 돌아오지 않는 오늘의 황혼. 허망함은 어쩔 수 없다. 화자는 내일 다시 찾아올 황혼을 기다린다. 내일 다시 황혼이 찾아오면 화자는 커튼을 열 것이다.

이 시는……

이 시의 마지막에는 '오월의 병상에서'라는 꼬리말이 달려 있다. 스스로 감기도 잘 걸리지 않을 정도로 건강하다고 했던 이육사도 피고름을 받아내야 했던 모진 고문과 거듭된 투옥은 감당할 수 없었나 보다. 여러 차례 바닷가와 암자에서 요양해야 했고 폐 질환까지 얻었다. '오월의 병상에서'라는 꼬리말이 달려 있는 이 시는 자기처럼 아프고 약한 사람들을 향한 따뜻한 사랑이 넘치는 시이다.

화자는 밀실 같은 골방에 있다. 이 골방은 커튼으로 닫혀 있다. 다른 세계와 단절된 이 공간에도 황혼의 시간은 온다. 마지막 부드러움과 따스함을 가진 황혼. 화자는 커튼을 연다. 황혼의 부드러운 손길이 화자를 감싼다. 흰 갈매기 같은 화자의 외로움을 황혼이 감싼다. 화자는 이 부드럽고 따스한 온기를 다른 사람들과 나누고 싶어 한다.

그들은 다름 아닌 외롭게 반짝이는 별들이고, 삼림 속 수녀들이고, 차가운 시멘트 바닥에 떨고 있는 죄수들이다. 이처럼 의지할 곳 없이 떨고 있을 존재들과 온기를 나누고 싶어 한다. 그리고 사막을 외롭게 걷는 행상대에게도, 아프리카 토인과도 나누고 싶어 한다. 황혼이 세상을 품듯이, 자신의 뜨거운 입술을 외롭고 힘든 모든 존재에 보내고자 한다. 황혼의 마지막 빛과 따스함을 나누고자 한다. 오늘뿐만 아니라 내일도. 쓸쓸한 물소리처럼 흘러

식어버린 오늘의 황혼은 아쉽지만, 그래도 내일 또한 따스한 황혼이 다가올 것을 알기에 화자는 내일 다시 커튼을 열 것이다.

병상에 누워 죽음을 생각했을 이육사. 이육사는 오월의 황혼이 자신의 모습과 닮았다는 생각을 한 듯하다. 죽어가는 존재. 죽어가면서도 따스함과 부드러움을 가지는 존재. 그래서 자신도 황혼처럼 마지막 남은 따스함을 소외되고 외로운 존재에게 전하고 싶었으리라. 죽어가는 그 마지막 따스함을 전하고 싶었으리라. 자신처럼 아프고 소외된 존재들을 사랑하고자 하는 따스함이 그득한 시이다.

한 개의 별을 노래하자

한 개의 별을 노래하자 꼭 한 개의 별을
십이성좌 그 숱한 별을 어찌나 노래하겠니

꼭 한 개의 별! 아침 날 때 보고 저녁 들 때도 보는 별
우리들과 아—주 친하고 그중 빛나는 별을 노래하자
아름다운 미래를 꾸며볼 동방의 큰 별을 가지자

한 개의 별을 가지는 건 한 개의 지구를 갖는 것
아롱진 설움밖에 잃을 것도 없는 낡은 이 땅에서
한 개의 새로운 지구를 차지할 오는 날의 기쁜 노래를
목 안에 핏대를 올려가며 마음껏 불러보자

처녀의 눈동자를 느끼며 돌아가는 군수야업의 젊은 동무들
푸른 샘을 그리는 고달픈 사막의 행상대도 마음을 축여라
화전에 돌을 줍는 백성들도 옥야천리를 차지하자

다 같이 제멋에 알맞은 풍양한 지구의 주재자로

임자 없는 한 개의 별을 가질 노래를 부르자

한 개의 별 한 개의 지구 단단히 다져진 그 땅 위에
모든 생산의 씨를 우리의 손으로 휘뿌려 보자
앵속처럼 찬란한 열매를 거두는 향연엔
예의에 꺼림 없는 반취의 노래라도 불러보자

염리한 사람들을 다스리는 신이란 항상 거룩합시니
새 별을 찾아가는 이민들의 그 틈에 안 끼여 갈 테니
새로운 지구에단 죄 없는 노래를 진주처럼 흩치자

한 개의 별을 노래하자 다만 한 개의 별일망정
한 개 또 한 개 십이성좌 모든 별을 노래하자.

군수야업 군수 공장의 야간작업.

옥야천리 끝없이 넓은 기름진 들판.

풍양 풍년이 들어 곡식이 잘 여묾.

주재자 어떤 일을 중심이 되어 맡아 처리하는 사람.

앵속 양귀비과의 한해살이풀. 영속(嬰粟)으로 표기되었으나 앵속(罌粟)의 오기로 보임.

향연 특별히 융숭하게 손님을 대접하는 잔치.

반취 술에 반쯤 취함.

염리하다 사바세계(인간 세계)의 더러움을 싫어하며 떠나다.

흩치다 흩어지게 하다.

꼭 한 개의 별

왜 한 개의 별을 노래하자고 했을까? 십이성좌 그 숱한 별을 모두 노래할 수 없으므로, 꼭 한 개의 별을 노래하기로 한다. 언제나 곁에 있어 아주 친하고, 그중 빛나는 별이어야 하며, 아름다운 미래를 꾸며볼 동방의 큰 별. 이렇게 나에게 의미 있는 별 하나를 가지자고 말한다. 나만의 꼭 하나의 별을 노래하자고 말한다.

별을 노래하자

한 개의 별을 가지는 것은 새로운 한 개의 지구를 갖는 것이다. 한 개의 별을 품고 노래하는 것은 한 개의 새로운 지구를 차지하며 부르는 기쁨의 노래이다. 설움밖에 없는 낡은 이 땅에서 꼭 한 개의 별과 새로운 지구를 마음껏 노래하는 것, 아름다운 미래를 희망하는 것, 그것만이 더 잃을 것도 없는 절망의 땅에서 우리가 할 수 있는 일이다. 별을 노래하는 것은 희망을 잃지 않는 것이다.

지구의 주재자

낡은 이 땅에는 더 이상 잃을 것도 없어 설움만 남은 사람들이 살고 있다. 이들은 군수 공장에서 야간작업을 하고 돌아가는 젊은 동무들, 푸른 샘을 그리는 고달픈 사막의 행상대, 옥야천리를 꿈꾸지만 현실은 화전에서 돌을 줍는 가난한 백성들이다. 이들은 제각각 연인의 눈동자를, 푸른 샘을, 기름진 들판을 꿈꾸듯 한 개의 별을 노래하자고 말한다. 그러면 그들은 자신들이 꿈꾸는 것을 이루는 풍요로운 지구의 주재자, 주인이 될 것이다.

십이성좌 모든 별

꼭 한 개의 별, 새로운 지구를 단단히 다지고 그 땅 위에 모든 생산의 씨를 뿌리면 찬란한 열매를 거두게 될 것이다. 그때 그 기쁨을 축복하는 향연에서 반취의 노래를 부를 것이다. 신도 거룩하게 여길 것이며, 새로운 지구에서는 아프고 슬픈 노래가 아니라 죄 없는 희망의 노래를 함께 부르게 될 것이다. 그렇게 모두가 단 한 개의 별을 노래하면 결국 십이성좌 모든 별을 노래하게 될 것이며 희망을 노래하게 될 것이다.

이 시는……

'아롱진 설움밖에 잃을 것도 없는 낡은 이 땅에서' 할 수 있는 일이란 무엇일까? 이 물음은 비단 이 시가 발표된 1936년의 상황만이 아닌, 현재의 우리에게도 해당이 되는 말이다. 혐오와 설움이 가득한 이 땅에서 우리가 할 수 있는 일이란 무엇일까?

시대를 탓하며 무기력에 빠지거나, 분노를 표현하는 것은 오히려 쉬운 일이다. '북쪽 툰드라'와 같이 '낡은 이 땅에서' 보이지 않는 희망을 노래한다는 것은 부질없는 일일지 모른다. 그러나 이육사는 신세를 한탄하거나 절망에 빠지는 대신 별과 지구를 노래하기로 한다. '모든 생산의 씨를' 뿌리기로 한다. 아득히 멀리 있거나 어쩌면 자신의 생애에서 볼 수 없는 희망일지라도 목에 핏대를 세워 불러보기로 한다. 이 시는 새 희망으로 다져진 새 땅의 주인이 되자는 의지를 담고 있다.

시인은 그 희망의 노래를 함께 부르고 함께 주인이 되자고 우리에게 말한다. '노래하자' '큰 별을 가지자' '마음껏 불러보자' '옥야천리를 차지하자' '노래를 부르자' '손으로 휘뿌려 보자' '노래라도 불러보자' '진주처럼 흩치자'와 같은 청유형을 사용하면서, 그 행동을 같이하자고 요청하고 있다. 군수야업의 젊은 동무들, 사막의 행상대, 화전에서 돌을 줍는 백성들 모두 한 개의 별을 노래하면 결국 십이성좌 모든 별을 노래하게 될 것이라고 말한다.

해조사

동방을 찾아드는 신부의 발자취같이
조심스레 걸어오는 고이한 소리!
해조의 소리는 네모진 내 들창을 열다
이 밤에 나를 부르는 이 없으련만?

남생이 등같이 외로운 이 서—ㅁ 밤을
싸고 오는 소리! 고이한 침략자여!
내 보고의 문을 흔드는 건 그 누군고?
영주인 나의 한마디 허락도 없이

코—카서스 평원을 달리는 말굽 소리보다
한층 요란한 소리! 고이한 약탈자여!
내 정열밖에 너들에 뺏길 게 무엇이료
가난한 귀향살이 손님은 파리하다.

올 때는 왜 그리 호기롭게 몰려와서
너들의 숨결이 밀수자같이 헐데느냐

오— 그것은 나에게 호소하는 말 못할 울분인가?
내 고성엔 밤이 무겁게 깊어가는데.

쇠줄에 끌려 걷는 수인들의 무거운 발소리!
옛날의 기억을 아롱지게 수놓는 고이한 소리!
해방을 약속하던 그날 밤의 음모를
먼동이 트기 전 또다시 속삭여 보렴인가?

검은 베일을 쓰고 오는 젊은 여승들의 부르짖음
고이한 소리! 발밑을 지나며 흑흑 느끼는 건
어느 사원을 탈주해 온 어여쁜 청춘의 반역인고?
시들었던 내 항분도 해조처럼 부풀어 오르는 이 밤에

이 밤에 날 부를 이 없거늘! 고이한 소리!
광야를 울리는 불 맞은 사자의 신음인가?
오 소리는 장엄한 네 생애의 마지막 포효!
내 고도의 매태 낀 성곽을 깨트려다오!

산실을 새어 나는 분만의 큰 괴로움!
한밤에 찾아올 귀여운 손님을 맞이하자
소리! 고이한 소리! 지축이 메지게 달려와
고요한 섬 밤을 지새게 하는고녀.

거인의 탄생을 축복하는 노래의 합주!
하늘에 사무치는 거룩한 기쁨의 소리!
해조는 가을을 불러 내 가슴을 어루만지며
잠드는 넋을 부르다 오— 해조! 해조의 소리!

동방 침실.

고이하다 고약하다.

해조 밀려들었다가 나가는 바닷물.

남생이 거북과 비슷하나 작은 동물.

귀향살이 '귀양살이'의 오기로 볼 수도 있고, 귀향(고향으로 돌아가는)의 의미로도 볼 수 있다.

헐데다 헐떡대다.

고성 옛날에 지은 오래된 성.

흑흑 느끼다 흐느끼다.

항분 어떤 자극을 받아 북받쳐 일어나는 감정, 또는 그 흥분.

고도 육지로부터 멀리 떨어진 섬.

매태 이끼.

메지다 미어지다.

해조의 소리

해조는 파도, 해조의 소리는 파도 소리이다. 이 파도 소리가 고약하다. 처음에는 신부의 발자취같이 조심스럽다가, 화자를 흔드는 침략자의 소리로, 약탈자의 소리로, 헐떡이는 밀수자의 숨결로 변주된다. 들창으로 조심스레 들어오던 파도 소리가 점점 커지면서 화자의 외로움을, 정열을 파고든다.

영주

이 시의 화자는 외로운 섬 안에 있는 오래된 성의 영주이다. 이 고성은 이끼가 끼어 있다. 아무도 찾지 않는 이곳은 밤이다. 외로움 그득한 이곳에 해조의 소리가 신부처럼, 침략자처럼, 약탈자처럼, 밀수자처럼 찾아든다. 그러자 화자는 옛날의 기억을 떠올린다. 해방을 약속하던 그날 밤의 음모를 떠올린다. 시들었던 항분을 떠올린다.

쇠줄에 끌려 걷는 수인

신부, 침략자, 약탈자, 밀수자로 여겨지던 해조의 소리는 5연에서부터 수인의 발소리로, 젊은 여승들의 부르짖음으로, 불 맞은 사자의 신음으로 변주된다. 수인의 발소리는 해방을 약속하던 그날 밤의 음모를 기억하게 한다. 젊은 여승들의 부르짖음은 시들었던 항분을 부풀어 오르게 한다. 사자의 신음은 광야를 울리는 장엄함을 일깨운다. 화자는 해조의 소리를 통해 각성을 하게 된다.

거인의 탄생

화자는 자신을 둘러싼 성곽을 깨트려 주기를 소망한다. 이끼 낀 성을 깨트리고 새로운 세상으로 나가기를 소망한다. 분만의 괴로움을 이겨내고 거인이 탄생하기를 소망한다. 그리하여 해조의 소리는 끝내 거인의 탄생을 축복하는 노래의 합주가 된다. 하늘에 사무치는 거룩한 기쁨의 소리가 된다. 화자의 가슴을 어루만지며 잠드는 넋을 부르는 소리가 된다. 화자 자신이 거인으로 탄생할 수 있기를 바란다.

이 시는……

이 시는 《풍림》에 실린 시인데 목차에는 〈해조음〉으로, 본문 제목에는 〈해조사〉로 표기되어 있다. 해조음이면 해조의 소리, 그러니까 파도 소리가 되는 것이고, 해조사이면 해조에 대한 노래, 그러니까 파도에 대한 노래가 된다. 시의 전체적인 내용을 읽어보면 해조음보다는 해조사가 더 잘 어울린다.

화자는 어느 가을 깊은 밤, 파도 소리가 들리는 곳에 있다. 아무도 찾지 않는 고요한 그곳으로 파도 소리가 들려온다. 처음에는 침실을 찾는 신부의 발걸음처럼 자그마한 소리가 화자가 있는 방의 들창으로 들린다. 화자를 부르듯이. 그러다 침략자처럼, 약탈자처럼, 밀수자처럼 화자가 있는 곳의 고요함을 부순다. 남생이 등같이 갈라진 화자의 외로움을 파고든다. 귀양살이하듯 사는 화자를 말굽 소리보다 더 크게 파고든다. 헐떡이는 듯한 파도 소리는 말 못 할 울분을 호소하는 듯하다.

고요를, 외로움을 깨는 파도 소리를 들으면서 화자는 옛날의 기억을 떠올린다. 해방을 약속하던 그날 밤의 기억을. 그러자 파도 소리는 수인들의 무거운 발소리인 듯 들려 온다. 파도 소리를 들으면서 화자의 분노도 부풀어 오른다. 그래서인지 파도 소리는 젊은 여승들의 부르짖음인 듯하다. 이 밤에 화자를 부르는 소리인 듯도 하다. 광야를 울리는 사자의 신음인 듯도 하다. 생의 마지막 포효인 듯도 하다. 그래서 화자는 이 파도 소리가 외로움을

깨트려 주기를 바란다. 화자를 깨트려 새로운 세계를 만들어주기를 바란다.

처음에는 화자를 침략하고 약탈하는 듯이 들리던 파도 소리가 점차 내면의 기억을 떠올리게 하는 소리로, 화자를 깨트리는 소리로 들린다. 새로운 생명을 탄생하게 하는 분만의 괴로움의 소리로 들린다. 새 생명의 탄생을 축복하는 소리로 들린다. 그리하여 파도 소리는 거인의 탄생을 축복하는 합주의 노래가 된다. 거룩한 기쁨의 소리가 된다. 아무도 찾지 않는 화자를 찾아와 화자의 가슴을 어루만지는 소리가 된다.

이 시는 파도 소리를 들으며 각성하는 화자의 이야기이다. 고립되어 사는 화자가 파도 소리를 들으며 거인으로 탄생하는 이야기이다. 파도 소리를 통해 내면의 기억을 더듬어 새로운 생명의 탄생을 노래하는 시이다. 파도처럼 세상을 향해 소리치는 시이다.

노정기

목숨이란 마—치 깨어진 뱃조각
여기저기 흩어져 마을이 한구죽죽한 어촌보다 어설프고
삶의 티끌만 오래 묵은 포범처럼 달아매었다.

남들은 기뻤다는 젊은 날이었건만
밤마다 내 꿈은 서해를 밀항하는 정크와 같아
소금에 절고 조수에 부풀어 올랐다.

항상 흐릿한 밤 암초를 벗어나면 태풍과 싸워가고
전설에 읽어본 산호도는 구경도 못 하는
그곳은 남십자성이 비쳐주도 않았다.

쫓기는 마음! 지친 몸이길래
그리운 지평선을 한숨에 기오르면
시궁치는 열대식물처럼 발목을 오여쌌다.

새벽 밀물에 밀려온 거미인 양

다 삭아빠진 소라 깍질에 나는 붙어 왔다
머—ㄴ 항구의 노정에 흘러간 생활을 들여다보며

포범 베로 만든 돛.

정크 중국에서, 연해나 하천에서 사람이나 짐을 실어 나르는 데 쓰던 작은 배.

산호도 산호초로 이루어진 섬. 또는 산호초로 둘러싸인 바위섬.

남십자성 남십자자리에 있는, 십자형을 이루는 네 개의 별.

시궁치 시궁의 근처. 시궁은 더러운 물이 잘 빠지지 않고 썩어서 질척질척 하게 된 도랑을 뜻한다.

오여싸다 둘러싸다. 에워싸다.

노정기

여행할 길의 경로와 거리를 적은 기록을 노정기라고 한다. 이 시는 화자의 삶을 노정기로 빗대어 쓴 시이다. 지금까지 화자는 한 곳에 안주하지 못하고 여기저기를 떠도는 고단한 삶을 살았다. 그래서 화자의 목숨이란 마치 깨진 뱃조각처럼 손상되어 위태롭다. 깨어진 뱃조각으로 항해를 할 수 있을까? 화자는 위태로운 목숨으로 인생을 완주할 수 있을지에 대해 생각한다.

서해를 밀항하는 정크

화자의 목숨은 깨어진 뱃조각 같아서 구질구질한 어촌보다도 어설프고 위태로웠다. 늘어가는 걱정과 고민만이 돛처럼 매달려 있는 삶이었다. 사람들의 눈을 피해 밀항하는 꿈을 꾸며 밤잠을 설치기 일쑤였다. 그때마다 화자의 삶은 소금물에 절여지고 파도에 부풀어 올랐다.

화자의 삶은 삶의 티끌을 돛에 달고 깨어진 채 밀항하는 배와 같다. 그 항해는 위험했다. 앞이 흐릿했고, 암초를 피하면 태풍이 몰아쳤다. 절망의 상황에서 산호도와 남십자성을 떠올렸으나, 전설 속에 존재하는 산호도는 구

경도 못했고 남십자성은 화자를 비쳐주지도 않아 황량할 뿐이었다. 그야말로 암흑의 항해였다.

쫓기는 마음

산호도와 남십자성도 없이 밀항하는 내내 쫓기는 마음, 지친 몸이 되었다. 저 멀리 지평선이 보이고, 그립고 반가운 마음에 한숨에 땅으로 기어오른다. 그러나 이도 잠시일 뿐, 시궁창의 더러운 물이 화자의 발목을 에워싼다. 땅 위에 올라서도 편안하게 지낼 수 없다. 땅 위에서의 삶은 밀항하는 배에서의 삶보다 더 나을 게 없었다. 불안한 삶의 연속이다.

밀물에 밀려온 거미

긴 노정 끝에 도착한 먼 항구에서 화자는 자신의 생활을 들여다본다. 자신이 새벽 밀물에 밀려온 거미와 같다고 느낀다. 밀물에 떠밀려 온 채로 소라 껍데기에 붙어 기생하는 삶. 화자는 의지가 결여된 채 수동적인 삶을 사는 자신의 삶을 들여다본다. 고되고 초라한 삶이다.

이 시는……

우리는 종종 인생을 길에 비유하곤 한다. 로버트 프로스트의 <가지 않은 길>이 그 대표적인 예라고 할 수 있다. 갈림길에서 어떤 선택을 해야 할지 고민할 때 우리는 이 시를 꺼내 읽곤 한다. 이육사의 <노정기> 역시 마찬가지이다. 고단한 삶을 항해의 과정에 빗대어 표현한 이 시는 화자가 지나온 삶을 돌아보고 그것을 기록한 시이다.

이 시의 화자는 자신의 목숨이 깨어진 뱃조각 같다고 말한다. 이미 손상되어 위태로운 목숨이다. 화자는 깨어진 뱃조각인 채로, 삶의 티끌을 돛처럼 매단 채 밀항하는 작은 배가 된다. 누군가의 눈을 피해 항상 흐릿한 밤을 골라 밀항을 해야 하는 존재가 된다. 암초를 피하고 태풍과 싸우면서 소금물과 파도에 절어서 항해를 한다. 산호도와 남십자성과 같은 희망과 빛이 허락되지 않을 만큼 가혹한 삶이다. 행복해야 할 젊은 시절에도 밀항하듯 불안에 침잠해 살아왔다.

화자는 불안한 마음과 지친 몸으로 마침내 육지에 도착한다. 그러나 이곳은 또 다른 암흑의 공간이다. 암울한 현실은 시궁창이 되어 화자의 발목을 무겁게 끌어당긴다. 화자는 지난 항해를 돌아보며 자신의 삶이 밀물에 밀려온 거미 같다는 생각을 한다. 여기저기로 떠밀리고 낡아빠진 소라 껍데기에 붙어 사는 인생이라고, 주체적이지 못하고 떠밀려 사는 미약한 존재라고 말이다.

그렇다면 화자는 자신의 삶을 부정하고 있는가? 이제 비극적인 항해는 하지 않겠다고 다짐하는 것인가? 그렇지는 않을 것이다. 전설에서 읽어본 산호도와 남십자성을 끊임없이 찾고 있고, 밀려가지 않기 위해 껍데기에 붙어 있기 때문이다. 무엇보다 항해의 끝에서 항구의 노정에 흘러간 자신의 생활을 들여다보고 있기 때문이다. 몸이 소금물과 파도에 절고 부풀어 오르던 상황을, 암초와 태풍과 싸우는 상황을, 시궁창이 화자의 발목을 에워싸는 상황을 반추하며 자신을 돌이켜 살펴본다. 더 나은 삶을 꿈꾸고 있는 이 시는 그래서 우리에게 위안을 준다.

강 건너간 노래

선달에도 보름께 달 밝은 밤
앞내강 쨍쨍 얼어 조이던 밤에
내가 부른 노래는 강 건너갔소

강 건너 하늘 끝에 사막도 닿은 곳
내 노래는 제비같이 날아서 갔소

못 잊을 계집애 집조차 없다기에
가기는 갔지만 어린 날개 지치면
그만 어느 모래불에 떨어져 타서 죽겠죠.

사막은 끝없이 푸른 하늘이 덮여
눈물 먹은 별들이 조상 오는 밤

밤은 옛일을 무지개보다 곱게 짜내나니
한가락 여기 두고 또 한가락 어디멘가
내가 부른 노래는 그 밤에 강 건너갔소.

앞내강 집이나 마을 앞을 흐르는 강.

조상 남의 죽음에 대하여 슬퍼하는 뜻을 드러내어 상주를 위문함. 또는 그 위문.

섣달에도 보름께

이 시의 시간적 배경은 섣달 보름이다. 아마 이 섣달은 음력일 듯하다. 음력 12월 15일. 이때가 우리나라에서는 가장 춥다. 마을 앞을 흐르던 강도 쨍쨍 얼었다. 보름날이다 보니 언 강의 얼음도 보이는 듯하다. 모든 것이 다 얼어 붙는 섣달 보름께에 화자가 부른 노래는 강을 건너간다.

내가 부른 노래

화자가 부른 노래는 강을 건너간다. 제비같이 날아서 간다. 그러나 강 건너 노래가 닿은 곳은 사막이다. 아무것도 살 수 없는 곳. 눈물 먹은 별들이 조상 오는 곳. 참으로 살기 팍팍한 곳이다. 이곳에서 화자의 노래는 살아날 수 있을까? 어느 모래불에 떨어져 타서 죽을지도 모른다.

못 잊을 계집애

화자는 아직도 못 잊은 계집애가 있다. 그 계집애는 집조차 없다. 무슨 연유

인지 삶의 터전인 고향을 떠나 집조차 없이 떠돌며 비참한 삶을 살고 있다. 화자는 이런 비참한 삶을 사는 그 계집애에게 노래를 보냈지만, 노래도 계집애도 살아남을 수 있을지 모르겠다.

밤

이 시는 밤의 시간을 이야기한다. 섣달 보름의 밤은 달은 밝으나 그와 동시에 그달의 가장 추운 밤이다. 눈물 먹은 별이 사막에서 생명을 다한 존재들을 위해 문상을 오는 죽음의 시간이다. 그러나 밤의 시간은 옛일을 기억하게 하는 시간이기도 하다. 밤은 옛일을 무지개보다도 더 곱게 짜내므로 무지개와 같은 희망을 더욱 북돋을 수 있게 하는 시간이기도 하다.

이 시는……

노래가 가진 힘은 크다. 특히 사랑하는 이와의 추억이 있는 노래는 이별 후에 그 노래를 들을 때마다 그때의 감각과 정서를 되살아나게 한다. 그 사람이 곁에 없어도 그 노래를 듣는 것만으로도 이별의 아픔과 그리움을 견딜 수 있다. 그래서 우리는 노래를 좋아하는지도 모르겠다.

이 시에서 노래는 '강 건너간 노래, 내가 부른 노래, 내 노래' 등으로 변주되어 나타난다. 화자는 힘들고 암담한 상황에서 할 수 있는 것이 노래뿐이다. 그래서 화자는 누군가에게 위로가 될 수 있을 노래를 부른다. 이 시에서 노래의 의미는 무엇일까? 노래는 화자 자신이 걸어온 길이자 추구하는 가치이고, 화자의 소망과 염원의 상징이기도 하다. 그러니까 '내가 부른 노래'는 미래에 대한 희망의 노래라고 할 수 있다. 이육사의 또 다른 시인 <광야>에 나오는 '내 노래의 씨를 뿌려라'의 노래와 같은 의미로 이해할 수 있다.

이 시는 섣달 보름께, 보름달을 보며 강 건너 어딘가 집 없이 떠돌고 있을 못 잊을 계집애와의 아름답던 옛일을 회상하면서 그녀에게 노래를 보낸다는 내용을 담고 있다. 섣달, 보름달은 밝다. 앞내에 있는 강은 쨍쨍 얼어 있다. 모든 것이 얼어붙은 이 겨울에 집조차 없이 살아가고 있을 못 잊을 계집애. 그 계집애가 고생할까 마음을 졸이던 밤. 화자는 강 건너 하늘 끝에 사막도 닿은 곳 어딘가에 있을 그 계집애에게 노래를 보낸다. 무지개보다 곱게

짜서 보낸다. 노래는 제비가 날 듯이 강을 건너 사막까지 간다.

그 노래는 계집애에게 도달했을까? 그중 어느 한 가락은 모래불에 떨어져 사라질 것이다. 이런 생각을 하며 별들을 보니 눈물이 난다. 그래도 어느 한 가락은 강 건너 어딘가에 있을 계집애에게 찾아갈 것이다.

이육사는 암울했던 시절, 사막과 같은 현실에서 이 시의 노래와 같은 위안의 시를 썼을 것이다. 어쩌면 시밖에 쓸 수 없었는지도 모른다. 희망과 위안의 시 한 줄이 암담한 현실에, 또 아픈 이들에게 위로가 되기를 소망하면서 말이다.

연보

"너는 돌다리목에 줘 왔다"던
할머니 핀잔이 참이라고 하자

나는 진정 강언덕 그 마을에
버려진 문받이였는지 몰라?

그러기에 열여덟 새봄은
버들피리 곡조에 불어 보내고

첫사랑이 흘러간 항구의 밤
눈물 섞어 마신 술 피보다 달더라

공명이 마다곤들 언제 말이나 했나?
바람에 부쳐 돌아온 고장도 비고

서리 밟고 걸어간 새벽길 위에
간잎만 새하얗게 단풍이 들어

거미줄만 발목에 걸린다 해도
쇠사슬을 잡아맨 듯 무거워졌다

눈 위에 걸어가면 자욱이 지리라고
때로는 설레며 파람도 불지

마다곤들 마다한들.

간잎 좌우로 나누어진 간의 한쪽 부분. 여기서는 낙엽의 의미.

파람 휘파람.

할머니의 핀잔

보통 할머니들은 손자들을 소중하게 여긴다. 손자는 가문의 대를 이어갈 소중한 존재이기 때문이다. 그런데 화자의 할머니는 핀잔을 준다. '돌다리목에서 줘 왔'다고 말한다. 왜 할머니는 이런 말을 했을까? 다른 손자들처럼 가족끼리 오순도순 살면 좋을 텐데, 그러지 않고 떠돌아다니는 손자가 안타까워서 애정 어린 핀잔을 주었을 것이다. 화자 또한 할머니의 핀잔이 애정 어린 핀잔임을 알지만, 가문의 대를 잇는 역할을 하지 않는 화자는 할머니의 핀잔이 참일지도 모른다고 생각한다.

문받이

문받이는 남의 집 대문 앞에 버려져 그 집에서 받아들인 아이를 일컫는 말이다. 할머니의 핀잔을 들으면서 화자는 자신이 문받이라고 생각한다. 화자는 할머니의 말대로 자신이 가문의 피를 이어받고 태어난 자가 아니라고 생각한다. 실제로 문받이로 생각했다기보다는 자신의 운명을 한탄하는 의미로 문받이를 받아들였을 가능성이 크다. 그래서 화자는 열여덟 청춘에도 슬

픔에 젖은 채 지낼 수밖에 없었다. 눈물을 흘리며 술도 마신다. 버려진 자라는 비극적 운명을 타고났기에.

공명이 마다곤들

공명은 공을 세워 자신의 이름을 드러내는 것을 말한다. 이러한 공명이 화자에게는 따르지 않는다. 공명을 좋아하는 것은 아니지만 그렇다고 공명을 굳이 밀쳐낸 것도 아니다. 화자는 아무것도 이룬 것 없이, 공명도 없이 바람에 떠밀리듯 고향에 돌아온다. 이 고향은 피폐하다. 서리에 떨어진 단풍잎만 새하얗고, 거미줄이 쇠사슬처럼 느껴질 만큼 피폐해졌다.

눈 위에 새겨질 자욱

겨울, 눈 내린 길을 걷는 화자의 발걸음에는 고단함이 가득하다. 그러나 화자는 이 고단함 속에도 설렘이 있다고 한다. 외롭고 고단한 눈 위를 걸어가는 삶에도 자욱이 새겨진다고 한다. 자신의 고단한 발자국이 다른 사람의 이정표가 된다고 생각한다. 그래서 때로는 설레고, 때로는 휘파람도 분다.

이 시는……

연보는 개인의 연대기, 사람이 한평생 동안 지낸 일을 연월 순으로 간략하게 적은 기록을 말한다. 그러니까 이 시는 시인이 살아온 삶을 간단히 적은 기록이자 시인의 연대기로 볼 수 있다.

이 시는 1연부터 4연까지는 과거를, 5연부터 8연까지는 현재를 이야기한다. 그런데 과거나 현재 모두 삶은 고통으로 점철되어 있다. 문받이였을지 모른다는 자신의 근원에 대한 의문은 존재의 상실감을 심화시킨다. 열여덟 청춘은 버들피리 소리처럼 여기저기 떠도는 서글픈 삶 속에서 덧없이 흘러간다. 첫사랑도 흘러간다. 첫사랑의 슬픔은 눈물에 젖은 술을 마시게 한다. 옛날의 삶이 애잔하다.

현재도 마찬가지이다. 공명하고는 너무 먼 삶. 공명을 바라고 살지는 않았지만 공명하고는 거리가 먼 삶이다. 공명을 떠나보낸 것도 아닌데, 일부러 공명을 떠나온 것도 아닌데 화자의 삶은 여기저기를 떠돈다. 여기저기 떠돌다 돌아온 고향. 고향 또한 화자처럼 피폐하다. 서리 내린 새벽길은 외롭고 쓸쓸하다. 발목에 거미줄만 걸려도 쇠사슬에 잡아매인 듯 무겁다. 현재의 삶도 참으로 무겁다.

화자의 삶은 고통으로 점철되어 있다. 탄생부터 지금까지 줄곧. 무엇 하나 제대로 이룬 것이 없다. 그래도 이 고통으로 점철된 삶이 누군가에게는

삶의 이정표가 될 줄을 안다. 눈 위를 걸어가면 발자국이 남듯, 눈 위와 같은 고난의 이 길이 자신의 뒤를 걸어올 누군가의 지표가 될 수 있음을 안다. 비록 아무것도 이루지 못하였지만 이 삶 또한 의미가 있음을 안다. 그래서 설레어 휘파람도 분다.

이육사는 이향과 귀향을 반복하는 삶을 살았다. 고향에 돌아와도 편히 쉴 수가 없었다. 일제의 감시에 시달렸던 그에게 고향은 위험하고도 부담스러운 공간이었으리라. 그래서 쇠사슬을 잡아맨 듯한 삶을 살 수밖에 없었다. 그러다 보니 고향에서도 공명하고는 먼 삶을 살았다. 그러나 그 고단한 삶에 어떤 결과가 있을 것임을 안다. 힘든 이 길 뒤를 걸어오는 후배들은 자신의 발자국으로 덜 고단한 걸음을 걷게 될 것이다. 그래서 설레는 마음으로 그 길을 걷는다. 자신의 가문만을 위하는 삶이 아닌, 민족을 위한 고단한 삶을 휘파람 불며 걷는다. 이육사가 고단함 가득한 자신의 연보를 펼쳐 보이는 이유는 바로 이 설렘 때문일 것이다.

소년에게

차디찬 아침 이슬
진준가 빛나는 못가
연꽃 하나 다복이 피고

소년아 네가 났다니
맑은 넋에 깃들여
박꽃처럼 자랐세라

큰 강 목 놓아 흘러
여울은 흰 돌쪽마다
소리 석양을 새기고

너는 준마 달리며
죽도 저 곧은 기운을
목숨같이 사랑했거늘

거리를 쫓아다녀도

분수 있는 풍경 속에
동상답게 서봐도 좋다

서풍 뺨을 스치고
하늘 한가 구름 뜨는 곳
희고 푸른 즈음을 노래하며

노래 가락은 흔들리고
별들 춥다 얼어붙고
너조차 미친들 어떠랴.

다복이 풀이나 나무 따위가 아주 탐스러울 정도로 소복하게.

돌쪽 돌의 쪼개진 부분.

준마 빠르게 잘 달리는 말.

죽도 대나무로 만든 칼. 검도에 쓰는 기구.

한가 한쪽 가장자리.

소년

소년은 진주처럼 영롱한 아침 이슬이 맺힌 연꽃처럼, 진흙탕 속에서도 맑고 고결하게 태어난다. 박꽃처럼 맑고 순수하게 자란다. 석양이 질 때까지 큰 강 물소리를 들으며 죽도처럼 곧은 기운으로 살아야겠다고 의지를 새긴다. 소년의 이미지는 맑은 넋, 박꽃, 준마, 죽도, 곧은 기운 등의 시어로 변주된다.

동상답게 서봐도 좋다

동상은 사람이나 동물의 형상으로 만든 기념물이다. 주로 서양에서 영웅을 동상으로 만들어 분수가 있는 공원에 세웠다. 화자는 소년에게 서양의 영웅들처럼 민족을 구원하겠다는 생각을 마음속에 새겨도 좋다고 말한다. 동상 속 영웅처럼 곧은 기상을 지닌 그런 존재가 되라 말한다.

실제 이육사는 어린 시절 시저나 나폴레옹 전기를 읽었으며, 《플루타르코스 영웅전》•을 읽었다고 한다. 이런 어린 날의 독서 기억이 굳은 신념으로 살았던 영웅의 모습을 동상으로 표현하는 데에 영향을 미쳤으리라.

희고 푸른 즈음을 노래하며

동상은 분수가 있는 풍경 속에 있다. 이 분수는 자연스럽게 시선을 하늘로 향하게 한다. 푸른 하늘 한쪽 가장자리에는 하얀 구름이 자리 잡고 있다. 희고 푸른 즈음이다. 즈음은 즉 어름, 두 물건의 끝이 맞닿은 자리이다. 화자는 소년에게 푸른 하늘과 하얀 구름이 맞닿아 있는 그 어름을 노래하라고 한다. 거리를 쫓아다녀도 기상은 하늘을 노래하라고 한다.

너조차

하늘을 노래하려 하지만 노래 가락은 흔들린다. 별들도 얼어붙는다. 현실의 암울함은 곧은 기운을 흔들리게 하고 희망조차 품을 수 없게 한다. 그러니 너까지, 너조차도 이 암울한 현실 때문에 미친다고 해도 이상할 것이 없다고 말한다. 미친 세상 속에서 너조차 흔들린다 해도 괜찮다 말한다. 힘내라 말한다.

• 고대 그리스의 역사가인 플루타르코스가 카이사르, 알렉산드로스 대왕, 폼페이우스 등 고대 영웅에 관해 아름다운 문장으로 서술한 전기이다.

이 시는⋯⋯⋯

> 내 고장이란 낙동강가에는 그 하이얀 조약돌들이 일면으로 깔리고 그곳에서 나는 홀로 앉아 내일 아침 화단에 갖다 놓을 차디찬 괴석들을 주우면서 그 강물 소리를 듣는 것이었습니다. (중략) 그때 나는 그 물소리를 따라 어디든지 가고 싶은 마음을 참을 수 없어 동해를 건넜고 어느 사이 플루타르코스 영웅전도 읽고 시저나 나폴레옹을 다 읽은 때는 모두 가을이었습니다마는 눈물이 무엇입니까 얼마 안 있어 국화가 만발할 화단도 나는 잃었고 내 요람도 고목에 걸린 거미줄처럼 날려 보냈나이다.

이육사의 수필 〈계절의 오행〉의 한 부분이다. 고향의 낙동강가에 앉아 강물의 큰 흐름을 생각하며 그 소리를 듣는 이육사가 보인다. 저 멀리 동해를 건너 더 큰 세상으로 향하는 이육사도 보인다. 서양의 영웅 전기를 읽으면서 큰 기상을 키우던 이육사도 보인다. 이 시는 어른이 된 이육사가 소년 시절 큰 기상을 키우던 어린 이육사에게 보내는 편지 같은 시이다. 현실의 암담함 속에 조금 지쳐 있을 이육사에게 이육사가 '이제 그만 힘들어해도 된다.'고 위로하는 시이다.

소년은 태어난다. 차디찬 아침 이슬이 마치 진주인 듯 빛나는 연못가의 연꽃처럼. 이슬과 연꽃의 맑은 넋에 깃들어 박꽃처럼 자란다. 여울 녘에서

흰 거품을 일으키며 목 놓아 흘러가는 강물을 석양이 될 때까지 지켜보며 소년은 강물의 큰 뜻을 마음에 새긴다. 그 강물 소리에서 준마 달리는 소리를 떠올린다. 준마에 올라 곧은 기상으로 달리며 세상을 구하는 영웅을 꿈꾼다. 동상의 영웅처럼 자신도 동상의 주인공이 되리라 꿈꾼다. 하늘 어디 가장자리에 뜨는 희고 푸른 그 어름을 노래하리라 다짐한다.

그러나 현실은 별들도 추워 얼어붙을 정도로 암울하다. 이 암울한 현실에 소년이 부르고 싶은 노래 가락이 흔들린다. 세상은 이미 미쳐 돌아가니, 소년의 노래 가락 정도는 흔들려도 괜찮다. 소년, 너조차 미쳐도 괜찮다. 조금 흔들려도 괜찮다. 괜찮을 것이다.

암담한 현실 속에서 이육사가 꿈꿨던 소년 시절의 기상이 흔들린다. 이육사는 이런 자신에게 위로를 보내기로 한다. 젊은 날의 그 기상이 흔들린다 해도 괜찮다고. 미쳐 돌아가는 세상에서 너마저, 너조차 미쳐도 괜찮다고 말이다. 이육사가 이육사에게 보내는 이 위로의 시는 이상의 삶, 혹은 삶의 이상을 잃은 우리들에게 큰 위로가 된다. 소년 시절의 꿈을 잃은 우리에게 위로를 보내는 이육사의 이 시는 참 따뜻하다.

남한산성

넌 제왕에 길들인 교룡
화석 되는 마음에 이끼가 끼어

승천하는 꿈을 길러 준 열수
목이 째지라 울어 예가도

저녁 놀빛을 걷어 올리고
어데 비바람 있음 직도 안 해라.

교룡 상상 속에 등장하는 동물의 하나. 용의 일종.

열수 고조선 때에는 대동강을, 조선 시대에는 한강을 이르던 말.

예다 '가다'의 옛말.

남한산성

남한산성은 북한산성과 마찬가지로 조선의 도성인 한양을 방어하기 위해 쌓은 산성이다. 남한산성은 병자호란과 관련된 불행한 역사가 있는 장소이다. 역사적 비극을 가진 남한산성을 통해 우리 역사를 상징적으로 이야기하고 있다.

교룡

교룡은 상상 속에 등장하는 동물이다. 모양이 뱀과 같고 몸의 길이가 한 길이 넘으며 넓적한 네발이 있고, 가슴은 붉고 등에는 푸른 무늬가 있다. 또 옆구리와 배는 비단처럼 부드럽고 눈썹으로 교미하여 알을 낳는다고 한다. 이 시의 교룡은 남한산성을 상징하는 동물이면서 제왕에 길들어 있다. 용은 원래 길들일 수 없는 존재이다. 그런데도 어떤 대상에게 길들었다는 것은 승천하려는 자기 본성을 망각하고 있다는 의미이다. 그래서 교룡은 화석이 된 마음에 이끼까지 끼어 있다.

열수

열수는 한강의 옛 이름이다. 이 시에서 열수는 교룡이 승천의 꿈을 키우며 머무르던 곳이다. 그런데 교룡은 승천의 꿈을 잊어버렸다. 열수가 아무리 목이 째지도록 울어도 교룡은 도통 승천할 기미가 보이지 않는다.

비바람

해 질 녘, 저녁 놀빛이 붉다. 어디 비바람이라도 불어야 교룡이 승천할 텐데 비바람의 기미도 보이지 않는다. 붉은 노을만 그득한 저녁이다. 이 시에서 비바람은 교룡의 승천을 도와줄 긍정적인 시어이다. 그런데 이런 비바람이 불 기미가 보이지 않는다. 교룡이 승천할 기미가 보이지 않는다.

이 시는……

이 시는 1939년 3월《비판》에 실린 시로, <소공원>, <광인의 태양> 등과 함께 소품으로 평가받는다. 이육사는 이 시를 통해 일제강점기의 암울한 현실을 상징적으로 보여준다. 새롭게 발돋움해야 할 우리의 역사가 침체되어 가기만 하는 안타까움을 남한산성의 상징인 교룡을 통해 표현하고 있다.

용은 승천해야만 제대로 용이다. 그런데 교룡은 승천의 꿈을 잊어버렸다. 게다가 길들면 안 되는데 길들었다. 승천의 꿈은 화석이 되어가고 있다. 열수가 아무리 목이 째지도록 울어도 교룡은 꿈쩍도 안 한다. 비바람이라도 불어 교룡의 승천을 도와야 하는데 비바람이 불 기미도 보이지 않는다.

이육사는 그 당시 절망적인 우리나라의 모습을 교룡으로 상징화해 보여준다. 승천해야 할 용은 꿈을 잊고 화석처럼 살고 있다. 일제에서 벗어나야 할 우리나라는 이끼 낀 채 화석화되고 있다. 승천할 기미라도 있어야 하는데 현실에서는 승천을 도와줄 비바람도 불지 않는다. 일제에서 벗어나야 하는데 현실은 그럴 기미조차 보이지 않는다. 열수만 목이 째지도록 운다.

교룡의 이야기를 그리는 듯 보이지만 사실 이 시의 핵심은 열수이다. 목이 째지도록 우는 열수는 〈한 개의 별을 노래하자〉, 〈강 건너간 노래〉, 〈광야〉에서의 노래와 같다. 비바람조차 불지 않는 현실 속에서 이육사는 끊임없이 노래하며 변화를 꿈꾼다.

청포도

내 고장 칠월은
청포도가 익어가는 시절

이 마을 전설이 주저리 주저리 열리고
먼데 하늘이 꿈꾸며 알알이 들어와 박혀

하늘 밑 푸른 바다가 가슴을 열고
흰 돛단배가 곱게 밀려서 오면

내가 바라는 손님은 고달픈 몸으로
청포를 입고 찾아온다고 했으니

내 그를 맞아 이 포도를 따 먹으면
두 손은 함빡 적셔도 좋으련

아이야 우리 식탁엔 은쟁반에
하이얀 모시 수건을 마련해 두렴

청포 푸른 빛깔의 도포. 예전에, 통상예복으로 입던 남자의 겉옷.

내 고장 칠월

화자는 고향에서 7월을 보내고 있다. 고장의 7월은 청포도가 익어가는 계절이다. 여름의 모든 날이 그러하듯, 이곳의 7월도 모든 과일을 익어가게 한다. 그러니 7월은 뜨겁고 아름다운 계절이자, 만물을 성장하게 하는 계절이다.

청포도

많은 작물 중 왜 청포도일까? 청포도에는 우리 고장과 하늘이 박혀 있기 때문이다. 이 고장 사람들의 삶과 전설이 주저리 주저리 담겨 있기 때문이다. 푸른 하늘이 알알이 박혀 있기 때문이다.

장석주 시인이 <대추 한 알>이라는 시에서 말했듯이 대추 한 알에 태풍 몇 개, 땡볕 두어 달이 담겨 있다면 청포도도 마찬가지이다. 청포도 역시 저절로 익어갈 리가 없다. 청포도 안에는 고장 사람들의 삶과 자연이 담겨 있고, 더 나아가 우리의 소망과 바람이 담겨 익어가고 있다.

내가 바라는 손님

흰 돛단배가 푸른 하늘과 바다를 가르면서 오면, 그 배를 타고 멀리서 고달픈 몸을 한 손님이 청포를 입고 올 것이다. 화자는 그 손님을 기다리는 중이다. 청포도가 익어가는 것을, 손님이 오는 것을 기다린다.

간절히 기다리는 손님은 누구일까? 왜 흰 돛단배를 타고 고달픈 몸으로 올까? 모르긴 몰라도 배를 타고 저 멀리서 오는 만큼 그 여정이 쉽지만은 않았으리라.

은쟁반에 모시 수건

손님은 왜 청포를 입고 올까? 화자는 푸른 빛깔을 띠는 옷감인 청포를, 청포도와 발음이 비슷한 청포를 입고 오는 손님에게 청포도를 대접할 것이다. 힘든 여정을 마치고 오는 손님, 청포도와 어울리는 청포를 입고 오는 손님이기 때문이다. 게다가 청포도에는 이 마을의 전설과 푸른 하늘이 알알이 담겨 있다. 이 포도를 시원한 물에 깨끗하게 씻어 귀한 은쟁반에 담아 정갈한 모시 수건과 함께 대접할 것이다. 화자의 온 마음을 담아서.

이 시는○○○○○○

이육사를 '청포도의 시인'이라 부를 정도로 <청포도>는 이육사의 대표시라 할 수 있다. 이육사도 "내가 어떻게 이런 시를 쓸 수 있었을까?" 대견해하면서 <청포도>를 가장 아끼는 작품이라고 고백한 바 있다고 한다. 하얀색과 푸른색이 어우러지는, 청량한 느낌을 주는 이 시는 여름을 대표하는 시라고도 할 수 있다.

'내' 고향의 칠월은 청포도가 익어가는 계절이다. 7월의 뜨거운 여름 햇살, 마을 사람들의 삶과 소망들이 더해져 청포도는 더욱 탐스러워지고 있다. 청포도가 점점 무르익어 단물이 뚝뚝 떨어질 때쯤, 바닷바람이 시원하게 불어올 때쯤, '내가 바라는 손님은' 하얀 돛단배를 타고 올 것이다. 더운 여름날, 긴 여행 끝에 지친 몸으로 올 그를 위해 화자는 소중하게 기른 청포도를 대접할 것이다. 잘 익은 청포도를 정성껏 씻어 은쟁반 위에 담아낼 것이다. 청포도가 담긴 은쟁반과 함께, 땀을 닦아낼 하얀 모시 수건을 고이 접어 준비할 것이다.

이 시에 나타난 '손님'의 의미는 다양하게 해석될 수 있다. 40년 생애 동안 17번을 감옥에 드나든 이육사의 삶을 떠올려보면, 그가 삶에서 간절히 바란 것은 당연히 조국의 광복일 것이다.

물론 다르게 해석해 볼 수도 있다. 시의 내적인 흐름으로 보면, 손님은 화자가 간절히 바라는 그리운 사람으로 볼 수 있다. 자신이 가장 소중히 여기는 것을 함께하고 싶은 사람 말이다. 그래서 화자는 마을의 삶이 담겨 있는 소중한 청포도를 함께 먹고 싶어 한다. 은쟁반에 담긴 청포도를 두 손을 '함뿍' 적시며 먹고 싶어 한다.

절정

매운 계절의 채찍에 갈겨
마침내 북방으로 휩쓸려오다

하늘도 그만 지쳐 끝난 고원
서릿발 칼날 진 그 위에 서다

어데다 무릎을 꿇어야 하나?
한발 제겨디딜 곳조차 없다

이러매 눈감아 생각해 볼밖에
겨울은 강철로 된 무지갠가 보다.

제겨디디다 발끝이나 발뒤꿈치만으로 땅을 디디다.

절정

사물의 진행이나 발전이 최고의 경지에 달한 상태를 절정이라고 한다. 화자는 매운 계절에 휩쓸려 북방으로, 그 북방에서도 하늘도 끝난 고원의 서릿발 칼날진 곳으로, 그곳에서도 한발 디딜 곳조차 없는 곳으로 내몰렸다. 이 시에서 말하는 절정이란 다름 아닌 위태로움이 절정에 달한 순간이다. 극한의 상황에서 화자는 무엇을 할 수 있을까?

매운 계절

'매운 계절의 채찍'은 살을 에는 듯한 칼바람을 표현한 것이다. 마치 매서운 겨울바람이 채찍처럼 눈에 보이는 듯하면서 채찍 같은 바람에 살이 에는 듯한 감각을 자아낸다. '매운 계절'은 시각과 촉각의 이미지를 동시에 느낄 수 있는 인상적인 시작이다.

무릎을 꿇어야 하나

화자는 계절에 쫓겨 북방으로, 고원으로 휩쓸려 왔다. 한발을 디딜 곳도 없는 서릿발 칼날 같은 곳 위에 내몰렸다. 화자의 의지로 여기까지 온 것은 아니었으나 무언가에 쫓겨 결국 이곳에 다다르게 되었다. 그러므로 화자는 함부로 좌절하거나 굴복할 수 없다. 그곳은 무릎을 꿇을 곳은커녕 한발을 디딜 곳도 없는 극한의 공간이기에.

'무릎을 꿇어야 하나'는 함부로 좌절하거나 굴복할 수 없는 화자의 극한 상황을 표현하고 있다. 제겨디딜 곳조차 없는, 무릎을 꿇고 기도할 수도 없는 절망의 상황을 표현하고 있다.

강철로 된 무지개

극한의 상황에서 화자가 깨닫게 된 것은 '겨울은 강철로 된 무지개'라는 것이다. 겨울은 현재 화자가 겪고 있는 시간이다. 매운 계절의 서릿발 칼날 진 겨울은 강철로 된 무지개이다. 무지개는 손으로 만질 수는 없으나 분명히 존재하는 궁극의 아름다움이자, 희망이며 초월적 상징이다. 신기루같이 금방 사라지고 마는 무지개가 강철로 되어 존재한다면 영원히 그곳에 존재하는 강인한 무지개가 된다.

겨울이 강철로 된 무지개라면 화자에게 겨울은 절망과 극한의 매운 계절이 아니다. 겨울은 변하지 않는 희망의 시간이며, 초월적 시간이 될 것이다.

이 시는◦◦◦◦◦◦◦

<절정>은 <청포도>, <광야>와 함께 이육사의 대표적인 시로 평가받는 작품이다. '겨울은 강철로 된 무지개'라는 강렬한 맺음말은 지금까지도 많은 이들에게 회자되고 있다.

화자는 지금 고된 시련에 휩쓸려 하늘도 끝난 칼날 위에 서 있다. 1연부터 3연까지 시를 따라가다 보면 나도 모르게 숨을 몰아쉬게 된다. 단 6줄로 표현된 극한으로 쫓겨가는 심정. 누군가가 나를 쫓아오는 두려움, 점점 더 추운 곳으로 내몰리는 괴로움, 숨이 막힐 정도로 시공간이 화자를 점점 옥죄여오는 답답함이 느껴진다.

한발 디딜 곳조차 없어 무릎을 꿇을 수도 없는 곳. 포기하거나 굴복할 수도 없고, 신에게 기도를 드릴 수도 없다. 하늘도 지쳐 끝난 곳이라 앞으로 나아갈 수도 없는 상황에서 화자는 무엇을 할 수 있을까? 좌절도 위안도 허락되지 않은 상황에 화자는 눈을 감는다. 눈을 감고 마음을 가라앉히자 '겨울은 강철로 된 무지개'라는 깨달음을 얻는다.

이 구절은 논쟁이 많은 구절이다. 김종길은 자신이 처한 극한의 상황에서 거리를 두고 발견한 이미지인 '비극적 황홀'의 순간을 표현한 것이라고 보았다. 오세영은 극한 상황에서 자신을 내던지고자 하는 '비극적 초월'을 의미한다고 말했고, 오탁번은 매서운 바람에 눈이 흩날리며 햇빛에 언뜻 보이

는 차가운 무지개를 의미한다고 주장하였다. 이승원은 시인이 처한 강철처럼 암담한 상황을 극복하여 또 다른 세계인 무지개로 나아가겠다는 의지를 표현한 것이라고 했다.

나의 의지로는 아무것도 할 수 없는 절망적인 상황에서 화자는 자신이 처한 절박한 상황이 곧 '강철로 된 무지개'라는 역설적인 깨달음을 얻게 된다. 강하지만 손에 잡히지 않고, 존재하지 않는 허구라고 생각하지만 분명히 손에 잡히는 것. 겨울은 그 양가적 속성을 모두 가지고 있다. 겨울은 강철처럼 매섭고 단단하고 차가워서 생명이라고는 존재하지 않는 극한의 시공간이지만 분명 그 너머엔 무지개가 존재할 것이라고 믿는다. 아름답고 손에 잡히지는 않지만 분명히 존재하는 희망을 '강철로 된 무지개'라고 표현한 것이 아닐까.

백석은 <남신의주 유동 박시봉방>에서 '그 드물다는 굳고 정한 갈매나무라는 나무'를 떠올린다. 그리고 이육사는 '강철로 된 무지개'를 떠올린다. 우리는 그 극한 상황에서 무엇을 떠올리면 좋을까? 그때 어느 시인의 시 한 구절이 떠오른다면 우리는 충분히 시적인 삶을 살고 있다고 말할 수 있을 것이다.

광인의 태양

분명 라이플선을 튕겨서 올라
그냥 화화처럼 살아서 곱고

오랜 나달 연초에 끄슬린
얼굴을 가리면 슬픈 공작선

거치른 해협마다 흘긴 눈초리
항상 요충지대를 노려가다

화화 불꽃.

나달 흘러가는 시간. 세월.

연초 화약 혹은 화약의 폭발에 의해 생기는 연기.

공작선 조선 시대에, 나라의 의식에 쓰이던 부채.

광인

광인은 긍정적으로는 무엇에 지나치게 몰입하는 사람을, 부정적으로는 이해할 수 없는 행동과 말을 하는 사람이라 하겠다. 이 시의 시적 대상인 광인은 전자에 가깝다. 굳이 가지 않아도 되는 길을 가는 사람, 피할 수 있는데도 피하지 않는 사람이다. 옳다고 믿는 일에 목숨을 거는 사람이다. 불꽃처럼 사는 사람이자 화약 연기에 그슬린 사람이며, 요충지대를 항상 노려가는 사람이다.

화화처럼 살아서 곱고

화화는 불꽃이다. 그러니까 '화화처럼 살아서 곱고'라는 말은 불꽃처럼 살아서 곱다는 뜻이다. 여기에서 불꽃은 총이 발사되면서 만들어내는 불꽃이다. 순간의 불꽃이다. 강렬한 폭발 후에 생기는 불꽃이다. 광인은 불꽃처럼 살고 싶어 한다. 총이 발사되는 과정에서 생기는 그 강렬한 불꽃처럼 살고 싶어 한다.

슬픈 공작선

광인은 오랜 세월 동안 화약 연기에 그슬린 삶을 살았다. 연초에 그슬린 삶을 살았다는 것으로 미루어 보아 광인은 총을 가지고 훈련을 받는 사람일 것이다. 훈련 중에 그슬린 얼굴에 쏟아지는 태양을 손바닥으로 가린다. 그러면 그 손바닥은 공작선이 된다.

공작선은 조선 시대에 나라의 의식에 쓰던 부채이다. 붉은빛으로 공작을 화려하게 그린 것으로, 자루의 길이가 1.8미터 정도로 길다. 손바닥은 작고 초라해서 슬픈 것이긴 하지만, 불꽃처럼 살아가는 삶 속에서 태양을 가리는 손바닥은 공작선 못지않게 화려하고 곱다.

흘긴 눈초리

광인은 거친 해협을 건너야 한다. 삼엄한 경계가 끊이지 않는 요충지대를 노려가야 한다. 이는 불꽃처럼 살고자 하는 광인의 숙명이다. 광인은 항상 눈초리를 치켜뜨고 경계를 해야 한다. 극한적 상황 속에서 살아가야 한다. 흘긴 눈초리로 살아가야 한다. 항상 거친 해협을 노려가며 흘긴 눈초리로

살아야 한다.

흘긴 눈초리는 삼엄한 경계 속에서 살아가야 하는 광인의 눈초리이다. 이 눈초리는 일제강점기, 비밀 조직원의 삶을 살았던 이육사의 삶을 떠올리게 한다. 생사를 넘나들며 독립을 꿈꾸던 독립운동가들의 삶을 떠올리게 한다.

이 시는……

이 시는 의열단의 이육사를 떠오르게 한다. 의열단 산하 조선혁명군사정치간부학교를 나온 이육사. 이육사의 치열한 삶이 묻어 있는 <광인의 태양>은 다른 시들과 다르게 라이플선, 연초, 요충지대 등의 군사 용어가 나온다. 이 시에는 무장 운동을 펼쳤던 이육사의 삶의 한 자락이 보이는 듯하다. 그래서 더더욱 이 시의 제목이 <광인의 태양>인 것이 독특하다.

이 시는 어떤 중대한 임무를 수행하는 요원을 광인이라 표현하고 있다. 보편적으로 광인은 미친 사람이다. 그런데 이렇게 치열하게 살아가는 존재를 왜 광인이라 부르는가? 라이플선에서 튕겨 오른 불꽃처럼 치열하게 살아가는 존재. 오랜 시간 동안 연초에 그슬린 삶을 살아온 존재. 요충지대를 삼엄한 경계의 눈초리로 노려가는 존재. 이 존재를 광인이라 부른다. 얼핏 보면 반어적인 표현인 것 같지만 조금 더 깊게 들어가면 광인일 수밖에 없다. 옳다고 믿는 일에 목숨을 걸고, 불꽃처럼 사는 것이 고운 삶이라 생각하는 사람은 광인이다. 항상 끝없는 긴장감 속에서 살아야 하는 사람은 광인일 수밖에 없다.

이 시의 가장 매력적인 부분은 2연이다. 1연은 광인의 삶을 살아가는 자부심을, 3연은 광인으로 사는 삶의 치열함을 표현한다. 2연은 이런 광인이 뜨거운 태양을 손바닥으로 가리는 장면을 묘사하고 있다. 이 시의 제목 <광

인의 태양>도 바로 이 2연의 묘사에서 비롯되었다.

광인은 작고 초라한 손바닥으로 태양을 가린다. 이 손바닥이 작고 초라해서 슬프기도 하지만 공작선 못지않게 멋지다. 오랜 시간 동안 연초에 그슬린 얼굴을 가리는 이 모습에서는 치열한 삶을 사는 자의 자부심이 느껴진다. 힘겨운 상황을 피하지 않고 스스로의 힘으로 버텨내는 자의 긍지가 느껴진다.

이 시의 광인은 어떤 중대한 임무를 수행하는 요원, 바로 이육사 자신의 모습일 것이다. 항상 감시의 대상이었던 이육사. 비밀 조직의 일원으로서 죽음과 삶의 경계를 넘나들 수밖에 없었던 이육사. 뜨거운 태양을 묵묵히 손바닥으로 가리며 치열하게 살았던 이육사의 삶은 광인의 삶이었을 것이다. 이 시는 광인이 되지 않고는 살아낼 수 없었던 일제강점기의 삶을 그리고 있다. 그래서 이 시를 읽으면 스스로를 광인이라 표현할 수밖에 없는 이육사의 아픔이 느껴진다.

일식

쟁반에 먹물을 담아 햇살을 비쳐본 어린 날
불개는 그만 하나밖에 없는 내 날을 먹었다

날과 땅이 한 줄 위에 돈다는 고 순간만이라도
차라리 헛말이기를 밤마다 정녕 빌어도 보았다

마침내 가슴은 동굴보다 어두워 설레인고녀
다만 한 봉오리 피려는 장미 벌레가 좀치렀다

그래서 더 예쁘고 진정 덧없지 아니하냐
또 어데 다른 하늘을 얻어 이슬 젖은 별빛에 가꾸련다.

-××에게 주는

불개 불개는 일식이나 월식 때에 해나 달을 먹는 짐승으로. 상상 속의 동물이다.

좀치르다 좀 먹었다. 좀이 끼었다.

쟁반에 먹물을 담아

일식은 달이 태양의 일부나 전부를 가리는 현상을 말한다. 일식을 보기 위해서는 태양을 봐야 하는데, 맨눈으로 태양을 보면 눈이 상하므로 관측 필터를 사용한 망원경이나 일식 안경이 필요하다. 이 시가 발표된 1940년 5월에는 먹물이 담긴 쟁반을 반사시켜 태양을 보았던 듯하다. 전통적으로 일식을 관찰할 때 사용하던 방법이라고 한다.

불개는 내 날을 먹었다

어린 시절 보았던 일식은 꽤 충격이었을 것이다. 해가 사라지다니, 그리고 곧 해가 다시 나타나다니. 해가 사라졌으므로 화자의 하루는 사라진 것이다.

불개는 일식이나 월식 때에 해나 달을 먹는 짐승으로 상상 속의 동물이라고 하는데, 불개가 화자의 하루를 먹었다고 한 표현이 인상적이다. 일식이라는 현상을 불개가 해를 먹었다고 표현하고, 해가 사라졌으므로 화자의 하루가 사라진 것이라는 표현이 이 시를 돋보이게 한다.

가슴은 동굴보다 어두워

불개가 태양을 먹었을 때, 정확하게는 달이 태양을 가렸을 때, '나'의 가슴은 동굴보다 더 어두워졌다. 태양이 사라져 캄캄해진 주위보다 '내' 마음은 더 어두워졌다. '나'의 한 시절과 작별하게 된 느낌, 그 이전으로는 돌아가게 될 수 없을 것만 같다. 벌레가 장미꽃잎을 갉아먹어 꽃잎에 상처가 난 것처럼 '나'에게도 영원히 상처가 남게 되었다.

또 어데 다른 하늘

'나'는 일식 이전의 시절로 돌아가지 못한다. 태양이 사라지고 다시 나타난, 또 다른 하늘, 새롭게 태어난 하늘에서 이슬 젖은 별빛을 가꾸어야 한다. 이슬 젖은 별빛에 잃어버린 내 날을 다시 가꾸어야 한다. 다시 나의 삶을 살아야 한다.

이 시는……

인생을 살다 보면 결정적 순간이 찾아온다. 어느 순간 '내가 다시 이전으로 돌아갈 수는 없겠구나.' 하고 생각되는 순간 말이다. 이를테면 새로운 가족이 생겨 말로 표현할 수 없는 환희를 느꼈을 때, 오랜 순간 희노애락을 함께 했던 소중한 존재를 잃었을 때, 육체적으로 혹은 정신적으로 커다란 아픔을 겪었을 때. 그런 순간을 지나고 나면 기쁨 혹은 상처의 순간 이전과는 다른 나를 발견하게 된다. 이를 두고 성장이라고 표현할 수도 있을 것이고, 어른이 되었다고 표현할 수도 있을 것이다.

태양, 달, 지구, 그리고 땅이 일직선상에 놓이는 그 순간. 일식의 순간이 되자 화자는 불개가 화자의 날을 삼켰다고 생각한다. 주위가 어두워지자 화자의 가슴은 동굴보다 더 어두워진다. 화자의 날이 사라짐과 동시에 그 꿈과 순수도 태양과 함께 사라져버린 탓에 화자는 상처를 받는다. 마치 벌레가 한 송이 장미꽃을 좀먹은 것처럼 일식이 화자의 마음에 영원히 지워지지 않을 상처를 남긴 것이다.

그러나 어둠이 있기에 빛이 더욱 아름다운 것처럼 상처가 있기에 삶은 덧없는 가운데 더 아름다운 게 아닐까. 만약 그럴 수만 있다면, 다른 하늘에서 다시 태어난 화자의 삶은 어둠과 상처가 있기에 더 설레고 아름다울 것이다. 이러한 생각을 이육사는 ××에게 말하는 듯하다.

교목

푸른 하늘에 닿을 듯이
세월에 불타고 우뚝 남아 서서
차라리 봄도 꽃피진 말아라.

낡은 거미집 휘두르고
끝없는 꿈길에 혼자 설레는
마음은 아예 뉘우침 아니리

검은 그림자 쓸쓸하면
마침내 호수 속 깊이 거꾸러져
차마 바람도 흔들진 못해라.

－SS에게

SS에게 SS는 석정(石井) 윤세주의 이니셜과 관련이 있는 것으로 추정된다. 윤세주는 이육사에게 조선혁명군사정치간부학교의 입교를 권하고 주선한 인물로 알려져 있다.

교목

교목은 관목과는 비교가 되지 않을 만큼 곧고 높게 자라는 나무이다. 이 시 속의 교목은 화자 자신을 상징하는데, 푸른 하늘에 닿을 듯 우뚝하게 서 있는 모습이 비장하다.

차라리

'차라리'는 '여러 가지 사실을 말할 때에, 저리하는 것보다 이리하는 것이 나음을 이르는 말'이다. 시적 화자는 봄이 와도 꽃을 피우지 말라고 한다. 그 봄이 시답잖은 봄이라면 꽃을 피우지 않는 것이 더 낫다고 한다. 부정적인 현실 속에서 비굴하게 사느니 죽음을 택하겠다는 말이다. 이 의지는 '차라리'라는 부사어를 통해 표현된다. '말아라'라는 부정어와 함께 화자의 강렬한 의지를 드러낸다.

아예

낡은 거미집이 교목을 휘감고 있다. 하늘에 닿을 듯이 높이 뻗어 있기는 하지만 교목은 꽃을 피울 수 없는 나무이다. 그럼에도 교목은 꿈길과도 같은 희망을 잃지 않고 있다. 꽃을 피울 수 없을지라도 후회나 아쉬움 같은 건 없다. 그러니 설레는 마음은 뉘우침이 아니다. 이를 강조하기 위해서 '아예'라는 부사를 활용한다. '아예'는 '일시적이거나 부분적이 아니라 전적으로 또는 순전하게'를 뜻한다. 전적으로, 절대로 후회와 아쉬움 없이 살아가겠다는 의지를 '아예'를 통해 표현한다. 삶의 고난이 결코 뉘우침이 될 수 없음을 '아예'를 통해 강조하고 있다.

차마

화자는 호수 속에 거꾸러져 죽을지언정 흔들리지 않겠다고 한다. 검은 그림자가 드리워지는 참담한 상황이 오면 자신의 삶을 결연히 버림으로써 의지만은 지키겠다고 한다. 스스로 뿌리 뽑혀 거꾸러져도 흔들리지 않겠다고 한다. 이 의지를 '차마'라는 부사를 통해 강조한다. '차마'는 '부끄럽거나 안타까워서 감히'라는 뜻을 지닌다. 검은 그림자나 바람 같은 부정적이고 불순한 존재들이 화자를 흔들어댈지라도 호수 속 깊은 곳에 홀로 거꾸러져, 부정과 불의에 물들지 않을 것임을 '차마'를 통해 표현하고 있다.

이 시는……

이 시는 이육사의 다른 시들보다 짧으면서도 시인의 강렬한 의지가 돋보이는 작품이다. 각 연의 마지막 시어에 '말아라' '아니리' '못해라' 등의 부정어를 활용해 부정적인 현실에 대해 비굴하게 순응하지 않고 기꺼이 저항하겠다는 굳은 의지를 드러낸다. 또한 '차라리' '아예' '차마' 같은 부사를 사용함으로써 그 의지를 강조한다.

교목은 화자의 모습이다. 푸른 하늘을 향하지만 세월에 불타서 하늘에 닿을 수 없다. 낡은 거미집을 휘감고 있을 뿐이지만 설레는 꿈이 있다. 고통스러운 현실 속에서도 하늘을 향하여, 꿈을 향하여 나아간다. 그러나 현실은 녹록지 않다. 봄이 와도 봄 같지 않은 현실이다. 그래서 꽃을 피우지 말라고 한다. 뉘우치지 않겠다고 한다. 그럴 바에는 차라리 죽어 흔들리지 못하게 하겠다고 한다. 교목을 통해 흔들리지 않고 끝까지 자신의 신념대로 살겠다는 의지를 표현한다.

이 시는 일제강점기의 암울한 현실 속, 꽃 피울 수 없는 삶의 아픔을 단호한 어조로 표현한다. 뉘우침 없이 자기 길을 가겠다는 이육사의 단호한 의지가 엿보인다. 비록 쓰러질망정 흔들리지 않겠다는 이육사의 기개가 살아 있는 시이다.

이 시는 표현상의 매력이 돋보이는 작품으로, 세 개의 부사와 세 개의 부정어를 통해 화자의 의지를 드러낸다. 부정적인 현실 속에서 비굴하게 사느니 죽음을 택하겠다는 의지를 '차라리'라는 부사와 '말아라'라는 부정어를 통해 표현한다. 후회와 아쉬움 없이 살아가겠다는 의지를 '아예'라는 부사와 '아니리'라는 부정어를 통해 표현하고 있다. 뿌리 뽑혀 거꾸러져도 부정과 불의에 물들지 않겠다는 의지를 '차마'라는 부사와 '못해라'라는 부정어를 통해 표현하고 있다. 이 세 개의 부사와 세 개의 부정어는 이육사의 단호한 의지뿐만 아니라 시인으로서의 매력도 잘 표현하고 있다.

서풍

서리 빛을 함복 띠고
하늘 끝없이 푸른 데서 왔다.

강바닥에 깔려 있다가
갈대꽃 하얀 위를 스쳐서.

장사의 큰 칼집에 스며서는
귀향 가는 손의 돛대도 불어주고.

젊은 과부의 뺨도 희던 날
대밭에 벌레 소릴 가꾸어놓고.

회한을 사시나무 잎처럼 흔드는
네 오면 불길할 것 같아 좋아라.

장사 몸이 우람하고 힘이 아주 센 사람.

서풍의 속성

서풍은 하늬바람이라고도 불린다. 여름이 지나 불어오는 바람으로, 주로 서리가 내리는 가을에 부는 서늘한 바람이다. 이 서풍은 아주 낮은 강바닥에서 불다가, 갈대꽃 위를 스쳐 지나가기도 하고, 장사의 큰 칼집에 스며들기도 한다. 또 귀향 가는 손님의 귀향길을 편하게 해주기도 하고, 젊은 과부의 아픔과 슬픔을 달래줄 벌레 소리를 대밭에 가꾸어두기도 한다.

흰색

서늘하게 불어오는 서풍은 흰색의 이미지와 함께한다. 서풍이 부는 시기는 서리가 내리는 계절이다. 이 서리는 흰색이다. 서풍이 지나가는 곳의 갈대꽃도 흰색이다. 젊은 과부의 뺨도 희다.

그러나 이 흰색은 긍정적이지 않고 부정적이다. 서리는 차가운 기운을 가지고 있어, 서리가 내리면 식물들이 죽는다. 하얀 갈대꽃은 겨울이 되면 떨어진다. 젊은 과부의 뺨은 수척해서 희다.

이 시는……

가을이다. 가을이 되자 서풍이 분다. 서풍이 불자 서리도 내린다. 강바닥이 하얀 서리로 그득하다. 그 강에 피어 있는 갈대도 하얗게 꽃을 피웠다. 젊은 과부의 뺨도 희다. 아니 희다 못해 창백하다. 서풍은 이렇게 흰색의 이미지로 온다. 이 서풍은 높고 낮음에 상관없이 자리를 가리지 않고 분다. 서풍은 강바닥에 깔려 있다가 갈대꽃 위로 불기도 하다가 의로운 장사의 큰 칼집에 스며들었다가 쓸쓸한 귀향길 손과 젊은 과부를 달래기도 한다.

서풍은 끝없이 푸른 하늘에서 왔지만 하얀색과 잘 어울린다. 쓸쓸하고 외로운 사람과 잘 어울린다. 서풍은 서늘하지만, 서늘한 삶을 살아야 하는 사람들과 함께한다. 서늘한 삶을 살아야 할 쓸쓸한 귀향길 손과 외로운 젊은 과부를 위로한다. 서늘해서 불길하지만 이 서늘함으로 서늘한 삶을 위로한다. 서풍은 삶의 회한을 사시나무 잎처럼 흔들지만 그것을 견뎌낼 수 있게 만든다. 서늘한 삶을 서늘함으로 이겨내게 만든다.

이육사가 이 시를 썼던 1940년은 하얀 서리가 함빡 내리는 그런 시절이었을 것이다. 서풍이 서늘하게 부는 시절이었을 것이다. 그래서 쓸쓸한 귀향길 손처럼, 젊은 과부처럼 삶이 팍팍했을 것이다. 하지만 의로운 삶을 살고자 하는 장사에게 이 서늘함은 의로운 삶을 살게 하는 힘이었을 것이다. 서풍에 벌레들이 불안하게 울어대는 소리를 들으면서 젊은 과부는 삶의 의지를 다시 곧추세웠을 것이다.

서풍은 서늘한 현실의 비극성을 드러내기도 하지만 그와 동시에 절망적 현실에 저항하게 만드는 신념을 불어넣기도 한다. 그래서 마지막 행의 역설적 표현이 끝내 가능하게 된다. 서풍이 불면 불길할 것 같아 좋은 것이다. 더 힘을 내어 이 불길함을 이겨내게 할 것이므로.

자야곡

수만 호 빛이래야 할 내 고향이언만
노랑나비도 오쟎는 무덤 위에 이끼만 푸르리라.

슬픔도 자랑도 집어삼키는 검은 꿈
파이프엔 조용히 타오르는 꽃불도 향기론데

연기는 돛대처럼 날려 항구에 들고
옛날의 들창마다 눈동자엔 짜운 소금이 저려

바람 불고 눈보라 치쟎으면 못살이라
매운 술을 마셔 돌아가는 그림자 발자취 소리

숨 막힐 마음속에 어데 강물이 흐르뇨
달은 강을 따르고 나는 차디찬 강맘에 들리라

수만호 빛이래야 할 내 고향이언만
노랑나비도 오쟎는 무덤 위에 이끼만 푸르리라.

못살이 살 수 없는 상태.

강맘 강의 마음. 강심, 즉 강의 한복판.

들리라 들어가리라.

내 고향

원래대로라면 화자의 고향은 수만 가구의 불빛이 반짝거리며 흥성거려야 하지만 현실은 그렇지 않다. 아무도 찾지 않는 쓸쓸한 고향. 노랑나비도 오지 않는 무덤 위에 이끼만 푸르다. 모두 떠나고 쓸쓸히 남은 고향이다. 고향에 살던 사람들은 모두 어디로 갔을까? 화자처럼 여기저기를 떠돌고 있을까?

슬픔도 자랑도 집어삼키는 검은 꿈

고향에 살지 못하고 떠도는 삶은 슬픔도 자랑도 집어삼키는 검은 꿈, 악몽과도 같다. 악몽으로 쉽게 잠들지 못하고 한밤중에 일어나 담배를 피운다. 검은 밤에 담배의 빨간 불꽃이 더욱 도드라져 보인다. 향기로운 담배 불꽃과 연기가 항구로 향한다. 화자의 눈동자에 짠 소금이 어린다.

바람 불고 눈보라 치잖으면 못살이라

화자의 삶은 바람이 불고 눈보라가 친다. 늘 고난과 핍박으로 힘든 나날이었기에 매일 술을 마시고 담배를 피우며 하루하루를 견뎌낸다. 고향을 그리워한다.

차디찬 강맘에 들리라

화자는 현실의 괴로움, 고향에 대한 그리움으로 마음이 답답하다. 숨이 막힐 것만 같다. 그 마음속에는 강물이 흐를 수가 없다. 달은 강을 따라 유유히 흘러가는데, 화자는 강을 따라갈 수가 없다. 숨 막히는 마음속에 강물이 흐를 만한 여유와 평정심이 없기 때문이다.

이 시는……

자시는 밤 11시에서 새벽 1시까지의 시간이므로, <자야곡>은 한밤중의 노래라는 뜻이다. 화자는 한밤중에 일어나 파이프에 담배를 담아 피운다. 연기가 항구 쪽으로 날리자 고향이 떠오른다. 수만 호의 불빛이 비쳐야 할 고향은 지금은 노랑나비도 오지 않고, 무덤 위에 푸른 이끼만 핀 곳이 되었을 것이다. 옛날의 들창들을 바라보는 화자의 눈에서는 짠 소금에 절인 것처럼 눈물이 흐른다. 맨정신으로 견디기 어려워 독한 술을 먹고 집으로 돌아간다. 이러한 화자의 마음에 강물이 흐를 리 없다. 달은 강을 따라 흐르지만, 마음이 막힌 화자는 강을 따르지 못한다.

한밤중에 일어나 깜깜한 밤 속에 홀로 앉아 담배를 피우는 사람의 심정은 사뭇 외로울 테다. 화자가 떠나온 고향은 수만 호의 집들이 불빛을 밝히던 곳이었지만, 모두 사라지고 아무도 찾지 않는 쓸쓸한 무덤과 같은 곳이 되었다. 하지만 쫓겨 나온 이곳의 삶도 바람이 불지 않으면, 눈보라가 치지 않으면 이상할 만큼 매일이 고통의 연속이다. 한밤중 고향을 그리워하며 부르는 노래는 그래서 슬프다.

정지용의 <고향>, 백석의 <고향>, 이육사의 <자야곡> 모두 고향을 그리고 있다. 고향을 떠나와 온갖 고난으로 '혼자 앓아누워' 있다가 '고향도 아버지도 아버지의 친구도'(백석, <고향>) 그리워한다. 그러나 '고향에 고향에

돌아와도 / 그리던 고향이 아니'(정지용, <고향>)다. '노랑나비도 오쟎는 무덤'(이육사, <자야곡>)처럼 변해버린 고향에, 삶의 터전을 잃고 뿔뿔이 흩어진 사람들의 모습에 가슴 아파하고 있다. 고향을 잃어버렸기에, 고향과 같은 나라를 잃어버렸기에, 당시의 시인들은 모두 고향을 노래했을 것이다. 그래서 일제강점기에 쓰인 고향에 대한 시들은 참 아프다.

파초

항상 앓는 나의 숨결이 오늘은
해월처럼 게을러 은빛 물결에 뜨나니

파초 너의 푸른 옷깃을 들어
이닷 타는 입술을 축여주렴

그 옛적 사라센의 마지막 날엔
기약 없이 흩어진 두 낱 넋이었어라

젊은 여인들의 잡아 못 논 소매 끝엔
고운 손금조차 아직 꿈을 짜는데

먼 성좌와 새로운 꽃들을 볼 때마다
잊었던 계절을 몇 번 눈 위에 그렸느뇨

차라리 천년 뒤 이 가을밤 나와 함께
빗소리는 얼마나 긴가 재어보자

그리고 새벽하늘 어데 무지개 서면
무지개 밟고 다시 끝없이 헤어지세

해월 바다 위에 뜬 달, 혹은 해파리.

이닻 '이다지'의 옛스러운 말.

나와 파초

화자는 달이 뜬 밤바다를 바라보고 있다. 앓고 있는 화자의 숨결은 느리다. 이런 화자는 파초에게 마른 입술을 축여달라고 한다. 화자는 왜 파초에게 입술을 축여달라고 할까? 파초 또한 화자처럼 축 처져 있는 듯하다. 남국의 식물인 파초의 이파리는 긴 타원형으로 2미터까지 자랄 정도로 크고 길다. 그런데 그 이파리가 처져 있나 보다. 화자는 아마도 파초에게서 동병상련의 애틋함을 느끼는 듯하다.

사라센의 마지막 날

사라센은 고대 그리스·로마인들이 아라비아 북부에 살던 아라비아인을 부르던 말이다. 파초를 바라보고 있자니 이국의 어느 나라가 떠올랐을 것이다. 이육사의 수필 <계절의 오행>에는 아라비아에 대한 언급이 나온다.

> 서울도 예전 같으면 아라비아의 전설에나 나올 듯한 도시이었기에 해외에서 다른 나라 사람들을 만나면 서울의 자랑을 무척도 하였겠지마는 오

늘의 서울은 아주 그 모습을 볼 수가 없는 것이오. 거리를 나서면 어느 집이라도 으레 지금(地金)을 판다거나 산다거나 금광을 어쩐다는 간판들이 쭉 내리 붙어서 이것은 세계를 처음 여행하는 사람에게는 우리의 서울과 알래스카의 위치를 의심쩍게 할는지 모르겠소. 그래서 사실인즉 내 마음에 간직해 온 서울의 자랑도 이제는 그 밑천을 잃어버린 셈이오.

이 수필에서 알 수 있듯이 사라센, 그러니까 아라비아는 자랑하고 싶은 곳, 가고 싶은 곳, 유토피아 같은 곳이었다. 그런 곳이 사라졌으므로 파초 또한 화자처럼 기약 없이 흩어진 넋을 가진 존재인 것이다.

젊은 여인들의 꿈

파초의 이파리는 젊은 여인들이 입는 옷의 소매 같다. 그 이파리에 그려진 줄들이 고운 손금 같다. 남국의 식물인 파초는 겨울을 견디기 힘들다. 하지만 별을 보며, 꽃들이 피어나는 모습을 보며 그 겨울을 견딘다. 힘겨운 타향의 삶이지만 푸른 이파리를 가꾸며 견디고 있다. 고운 손금 같은 이파리를 키우며 견디고 있다.

천년 뒤 이 가을밤

화자는 파초에게 부탁한다. 지금은 비록 아프고 꿈이 좌절되었지만, 천년 뒤 어느 날, 화자와 함께 빗소리를 들으며 다시 만나자고. 그렇게 있다가 기다리던 무지개가 떠오르면 그 무지개를 지나 다시 자신의 꿈을 향해 나아가자고 말한다. 파초는 아프고 지친 화자를 위로해주는 존재이다. 비록 지금은 아니지만 먼 훗날 언젠가 화자와 다시 만나 새벽하늘을 건널 수 있게 하는 존재이다.

이 시는……

이 시는 이육사가 폐결핵으로 입원한 해에 발표된 것으로 알려진 시이다. 아픈 시인이 먼 고향을 떠나와 이국에서 힘겹게 견디고 있는 파초에게 감정이입을 하는 듯하다. 몸이 안 좋은 화자와 타국에서 시들어 있는 파초는 그래서 하나로 겹친다. 힘겨운 시간을 보내고 있는 화자가 자신처럼 힘겨운 시간을 보내는 파초에게 위로를 보내는 동시에 위로를 받고 있다.

이 시는 이육사의 여러 시와 겹쳐진다. '천년 뒤'라는 시어에서는 <광야>가, '어데 무지개 서면'이라는 시어에서는 <절정>이 겹쳐진다. 요양 중에 썼다는 점에서는 <청포도>가 떠오르기도 한다. 시의 형식이라는 부분에서 봤을 때, <광야>와 유사한 느낌이 들기도 한다. 시적 대상인 '광야'의 과거, 현재, 미래가 그려진 <광야>처럼 시적 대상인 '파초'의 현재, 과거, 미래가 나열되고 있다는 점에서 그러하다.

폐결핵을 앓고 있는 시인과 따뜻한 남쪽의 땅을 떠나와 힘겹게 사는 파초에게 현실은 가혹하다. 그래서 '먼 성좌와 새로운 꽃을 볼 때마다 / 잊었던 계절을 몇 번이고 눈 위에 그려'본다. 지금의 삶은 고달프니 천년 뒤 가을밤에 내리는 '빗소리가 얼마나 긴가 재어보자'고 한다. 그러다가 새벽하늘에 '무지개 서면 무지개 밟고 다시 끝없이 헤어지'자고 한다. 지금은 힘들지만 천년 뒤 꿈을 이룬 후 헤어지자고 한다. 그러니 지금은 힘들어도 참자고 한다.

광야

까마득한 날에
하늘이 처음 열리고
어데 닭 우는 소리 들렸으랴

모든 산맥들이
바다를 연모해 휘달릴 때도
차마 이곳을 범하든 못 하였으리라

끊임없는 광음을
부지런한 계절이 피어선 지고
큰 강물이 비로소 길을 열었다

지금 눈 나리고
매화 향기 홀로 아득하니
내 여기 가난한 노래의 씨를 뿌려라

다시 천고의 뒤에

백마 타고 오는 초인이 있어
이 광야에서 목 놓아 부르게 하리라

광음 햇빛과 그늘, 즉 낮과 밤이라는 뜻으로, 시간이나 세월을 이르는 말.

천고 아주 오랜 세월 동안.

어데 닭 우는 소리 들렸으랴

1연은 태초, 하늘과 땅이 생겨난 맨 처음을 묘사하고 있다. 처음 세상이 생겨날 때의 '까마득한 날에 하늘이 처음 열리'는 천지개벽의 순간이다. '어데 닭 우는 소리 들렸으랴'는 '어디서 닭 우는 소리가 들렸으리라'라고 해석하기도 하고 '어디 닭 우는 소리가 들렸겠느냐?'라고 해석하기도 한다. 전자는 새벽에 닭이 우는 것처럼 새로운 세상이 시작됨을 표현한 것이고, 후자는 태초의 하늘과 땅이 처음 생기는 순간에 아무런 소리도 나지 않고 고요와 적막만이 흐를 뿐임을 의미한다고 해석한다.

큰 강물이 비로소 길을 열었다

광야는 산맥이 차마 침범하지 못할 정도로 신성한 공간이다. 이러한 태초의 신성함을 가진 광야에 시간이 부지런히 흘러 큰 강물이 시작되고 그러자 비로소 생명이 생겨났다. 광야의 역사가 시작된 것이다. 이때서야 생명이 시작되었다는 것으로 보아 1연의 '어데 닭 우는 소리 들렸으랴'는 닭 우는 소리조차 들리지 않았다고 보는 것이 자연스러워 보인다.

가난한 노래의 씨

비록 지금은 눈이 내리고 봄을 알리는 매화 향기는 아직 아득히 멀리 있다. 생명이 움직거리지 않는 이곳에 화자는 홀로 추위를 무릅쓰고 가난한 노래의 씨를 뿌릴 것이라고 말한다. 비록 지금 당장 화자가 노래의 씨앗이 꽃을 피우는 모습을 보지 못할지라도 말이다. 언젠가 화자가 뿌린 노래의 씨앗은 '꽃 맹아리가 옴작거려'(<꽃>) 꽃을 피울 것이기 때문이다.

백마 타고 오는 초인

태고의 까마득한 시간이 지나고, 눈 내리는 현재가 지나서, 아득한 미래의 어느 날이 되면, 화자가 가난한 노래의 씨앗을 뿌린 이곳 광야에 백마를 타고 초인이 올 것이다. 그는 화자가 뿌린 가난한 노래의 씨앗이 자라 '꽃성'(<꽃>)을 이룰 광야의 한복판에서 목 놓아 노래를 부를 것이다. 희망적이고 평화로운 광야를 꿈꾸며 풍요로운 미래가 오기를 소망하고 있다.

이 시는……

이육사의 유작으로 알려진 이 시는 그의 순국 이후 유품 속에서 발견되었다. 1943년, 일제에 체포되어 북경으로 압송되던 기차 안에서 구상한 작품으로 알려진 이 시는 1945년 12월 17일 《자유신문》에 발표된 이후로 <절정>, <청포도> 등과 함께 이육사의 대표시가 되었다. 감옥에 갇혀 모진 고문을 견디며 죽음을 앞둔 채 쓴 시가 바로 <광야>와 <꽃>이다. 절망의 순간에 노래한 광야. 까마득한 날의 광야에서부터 천고의 뒤에 올 광야까지를 노래한 그 상상력이 놀랍다. 한 평도 채 되지 않은 곳에서 신성하고 초월적인 공간을 그리며 그곳에서 목 놓아 희망의 노래를 부를 수 있다는 것이 경이롭다.

이 시는 희망의 노래이다. 까마득한 날에 광활한 광야가 탄생한다. 산맥조차 침범하지 못한 신성한 땅. 수많은 시간이 흘러 비로소 생명이 생겨나고 역사가 시작된다. 그러나 지금 이곳은 눈이 내린다. 생명들이 제대로 살 수 없다. 봄을 알릴 매화는 아직 피어나지 못하고 있다. 그래도 매화가 필 것을 믿는다. 그래서 노래의 씨를 뿌린다. 지금은 가난한 노래일지 몰라도 천고 뒤에 올 초인은 이곳에서 목 놓아 이 노래를 부르리라.

다시 이육사의 삶을 생각해 본다. 죽음 앞에서도 끝내 자신의 신념과 조국을 포기하지 않을 수 있던 용기는 어디에서 온 것일까? '백마 타고 오는

초인이' 반드시 광야에 와서 희망의 노래를 목 놓아 부를 것이라고 믿었던 확신은 어디에서 온 것일까? 생의 마지막까지 <광야>와 <꽃>과 같은 희망의 노래를 부를 수 있었던 긍정의 힘은 어디에서 시작된 것일까?

눈이 내리는 절망의 시기에 매화 향기 같은 시로 미래를 꿈꾸던 이육사. 아직 가난한 노래일 수밖에 없으나 천고의 뒤에 초인이 와서 부를 노래를 꿈꾸던 이육사. 그가 '여기 가난한 노래의 씨를 뿌'린 덕분으로 그 씨앗이 무럭무럭 자라 지금 우리가 그 노래를 부를 수 있게 된 것이리라.

꽃

동방은 하늘도 다 끝나고
비 한 방울 나리잖는 그 땅에도
오히려 꽃은 발갛게 피지 않는가
내 목숨을 꾸며 쉬임 없는 날이여

북쪽 툰드라에도 찬 새벽은
눈 속 깊이 꽃 맹아리가 옴작거려
제비 떼 까맣게 날아오길 기다리나니
마침내 저버리지 못할 약속이여!

한 바다 복판 용솟음치는 곳
바람결 따라 타오르는 꽃성에는
나비처럼 취하는 회상의 무리들아
오늘 내 여기서 너를 불러보노라

나리잖다 내리지 않다.

맹아리 '망울'의 사투리.

꽃성 꽃이 가득 핀 아름다운 성.

꽃

꽃이라는 존재는 생명의 출발이다. 꽃이 피고, 그 꽃은 열매가 되고, 그리하여 열매는 씨앗이 되어 또 다른 생명이 된다. 이 시의 꽃은 하늘도 끝난, 비한 방울 내리지 않는, 생명이 부정되는 극한 속에서도 빨갛게 피어난다. '오히려'라는 부사는 이 극한의 상황을 강조한다. 꽃이 필 수 없는 상황에서도 꽃이 피는 것처럼 화자도 힘겨운 상황 속에서 자신을 위해 쉼 없이 노력한다.

툰드라의 새벽

툰드라는 극지방에서 삼림한계(삼림대와 고산대의 경계)보다 위쪽에 위치하는 곳으로 교목이 분포하지 않는 지역이다. 이로 인해 대체로 툰드라는 생명이 살 수 없는 부정적 공간이다. 새벽이라는 시간도 '찬'과 결합해 부정적인 시간임을 암시한다. 툰드라의 새벽은 추위에 쌓인 부정적인 공간이자 동시에 부정적인 시간이다. 그런데 이 부정적인 시공간에 눈까지 내린다.

저버리지 못할 약속

북쪽 툰드라, 그리고 찬 새벽이라는 혹한의 상황에서도 꽃 맹아리가 움직이며 제비 떼가 날아오기를 희망한다. 간절하게 봄이 오기를 기다리는 것이다. 이것이 저버리지 못할 약속이다. 아무리 힘겨운 상황에서도 희망의 봄이 오는 것은 저버릴 수 없는 약속이다. 그 약속은 누구에게 한 어떤 약속일까? 바로 절망과 비참에 빠진 이들에게 인고의 시간을 견디면 결국은 꽃이 핀다는 희망의 약속이 아니었을까. 그리고 그 약속은 거부할 수 없는 약속이기도 하다. 겨울이 아무리 춥고 혹독해도 꽃이 피고 열매를 맺는 건 그럴 수밖에 없는, 자연의 순리이기 때문이다.

꽃성

꽃이 핀다. 무리 지어 피는 꽃은 꽃성을 이룬다. 북쪽 툰드라의 혹한에도 꽃은 피어난다. 이 꽃성은 저버리지 못할 약속이 이뤄진 미래의 모습이다. 부정적인 현실을 이겨내고 긍정적인 미래를 표현하고 있는 것이 이 꽃성이다.

이 시는……

이 시는 극한적인 상황을 극복하고 힘차고 생명력 넘치는 새로운 세계가 올 것이라는 소망과 의지를 표현한 시이다. 극단적으로 부정적인 현실과 이러한 상황이 극복된 미래를 대비시켜 아름다운 미래를 염원하는 화자의 간절함을 드러내고 있다.

화자가 있는 동방은 하늘도 다 끝난 곳, 비 한 방울 내리지 않는 곳이다. 생명이 존재할 수 없는 곳이다. 그런데 이 극한의 환경에서도 꽃이 피어난다. 빨갛게 피어나는 꽃. 절망적인 상황에서 피어나는 아름다운 꽃. '오히려'라는 시어와 '피지 않는가'의 설의적 표현은 극한의 상황에 놓인 화자를 분발하게 만든다.

그럼에도 불구하고 화자는 꽃이 피는 것이 저버릴 수 없는 약속임을 깨닫는다. 교목도 자랄 수 없는 툰드라, 그리고 툰드라에서도 가장 추운 새벽 시간에도 꽃망울은 옴작거린다. 화자는 안다. 이 꽃망울은 제비 떼 날아 오는 봄날이 되면 꽃을 피워낼 것임을. 이것이 자연의 순리이며 저버릴 수 없는 약속임을 안다.

그리고 화자는 미래의 모습을 상상한다. 바다도 넘치는 생명력으로 넘실대는 곳을. 극한의 상황을 이겨낸 꽃들이 성을 이루는 곳을. 그리고 부정적 상황이 극복된 미래의 모습을 그려본다. 나비처럼 아름다운 꽃에 취한 무리

들을 그려본다. 아직 꽃을 피우지 못하고 있지만, 꽃을 피워 아름다워진 미래의 무리들을 그려본다.

이 시는 혹독한 겨울 속에 아름다운 봄이 있음을 이야기한다. 끝내 겨울을 이기고 아름다운 봄이 올 것을 이야기한다. 겨울의 혹독함을 이겨내야 아름다운 꽃이 핌을 이야기한다. 극한적인 상황이 끝나고 아름다운 시절이 반드시 오리라는 것을 이야기한다.

나의 뮤-즈

아주 헐벗은 나의 뮤-즈는
한 번도 기야 싶은 날이 없어
사뭇 밤만을 왕자처럼 누려 왔소

아무것도 없는 주제였만도
모든 것이 제 것인 듯 뻐티는 멋이야
그냥 인드라의 영토를 날아도 다닌다오

고향은 어데라 물어도 말은 않지만
처음은 정녕 북해안 매운바람 속에 자라
대곤을 타고 다녔단 것이 일생의 자랑이죠

계집을 사랑커든 수염이 너무 주체스럽대도
취하면 행랑 뒷골목을 돌아서 다니며
보보다 크고 흰 귀를 자주 망토로 가리오

그러나 나와는 몇 천겁 동안이나

바로 비취가 녹아 나는 듯한 돌샘가에
향연이 벌어지면 부르는 노래란 목청이 외골수요
밤도 시진하고 닭소리 들릴 때면
그만 그는 별 계단을 성큼성큼 올라가고
나는 촛불도 꺼져 백합꽃 밭에 옷깃이 젖도록 잤소

기야 그것이야.

주제였만도 처지였지만.

인드라 인도의 베다 신화에 나오는 비와 천둥의 신.

대곤 《장자》에 나오는 상상의 큰 물고기.

주체스럽다 처치하기 어려울 정도로 짐이 되거나 귀찮다.

보 보자기.

천겁 오랜 세월. 영겁의 세월.

시진하다 기운이 빠져 없어지다.

뮤즈

뮤즈란 그리스 신화에 나오는 음악과 시를 관장하는 아홉 명의 여신으로, 일반적으로 예술가에게 영감을 주는 존재를 말한다. 시인에게도 뮤즈가 있을 텐데, 이 시에 등장하는 뮤즈는 아주 헐벗은 상태이고 한 번도 딱 부러지게 살지 못한 존재이다. 그러면서도 어둠만 가득한 밤을 거만한 왕자처럼 누리고 있다.

모든 것이 제 것인 듯

'나의 뮤-즈'는 시를 쓰는 화자의 또 다른 모습일 것이다. 그런 '나의 뮤-즈'는 헐벗고 아무것도 가진 게 없다. 그런데도 모든 것이 제 것인 듯 거만하게 살면서 과거의 영광 속에서만 안주한다. 하늘의 왕이 사는 영토(인드라)를 날아다니고 상상 속의 큰 물고기(대곤)를 타고 다녔다고 우쭐대며 산다. 술에 취한 채 뒷골목을 돌아다니며, 귀를 망토로 가리고 다니면서 아무것도 듣지 않는다. 모든 것이 제 것인 듯 뻗대며 살고 있다.

향연이 벌어지면 부르는 노래

'나의 뮤-즈'는 세상에 정착하지 못하는 존재이다. 근원도 없고 정처도 없는 존재이다. 비록 세상과 조화되지 못하고 과거의 영광에만 머물러 사는 '나의 뮤-즈'이지만, 헤아릴 수 없는 긴 시간 동안 '나'와 '나의 뮤-즈'는 신비로운 샘가에서 성대한 잔치가 벌어지면 노래를 부른다. 목 놓아 외골수로 부른다.

별 계단을 성큼성큼

노래를 부르다가 밤도 지쳐 새벽이 오면, '나의 뮤-즈'는 하늘로 올라간다. 지상에서 하늘로 별 계단을 타고 성큼성큼 올라간다. '나'는 촛불도 없는 어둠 속 비취빛 샘가 근처 백합꽃밭에서 잔다. 옷깃이 이슬에 다 젖도록 잔다. '나의 뮤-즈'는 하늘과 밤의 세계로, '나'는 지상과 낮의 세계로 돌아간다.

이 시는⋯⋯

이 시의 화자인 '나'는 서정적 주체인 '나의 뮤-즈'를 묘사한다. 그러나 잘 살펴보면 '나의 뮤-즈'는 화자 자신이기도 하다. 그렇다면 시인은 왜 '보는' 자신과 '보이는' 자신을 분리했을까? 왜 '나'와 '나의 뮤-즈'를 분리했을까?

'나의 뮤-즈'는 헐벗고 아무것도 가진 것이 없다. '나의 뮤-즈'는 모든 것이 제 것인 듯 뻐기고 과거의 영광에서 헤어 나오지 못한다. 망토로 귀를 가린 채, 술에 취해 뒷골목을 배회한다. '나의 뮤-즈'는 세상과 소통하지 못하는 존재이다. 세상에 정착하지 못하는 존재이다. 능동적이지 못한 존재이다.

그러나 '나의 뮤-즈'는 몇 천겁 동안이나 향연이 벌어지면 밤이 새도록 노래를 부른다. 외골수로 밤이 다하도록 노래를 부른다. 그러다 닭이 울면, 새벽이 오면, 다시 하늘로, 인드라의 영토를 날아다니고, 대곤을 타러 별 계단을 올라간다. 하늘로 올라가지 못한 '나'는 백합꽃밭에 밤새 누워 지상에 남아 '나의 뮤-즈' 없이 낮을 보낸다.

이 시에서 '나의 뮤-즈'가 의미하는 것은 무엇일까? 시를 쓰는 태도이자 시인의 예술혼일 것이다. 그런데 '나의 뮤-즈'는 '나'에게 시적 영감을 주지 못한다. 어두운 밤에만 존재하며 과거에만 머물러 있다. 현재를, 낮을, 미래를 노래할 수 없다. 오로지 과거의 한 노래만 부른다. '나의 뮤-즈'가 이러니 화자는 더 이상 시를 쓸 수가 없다는 것이다.

시를 쓸 수 없었던 이육사. 인드라의 영토, 대곤을 타고 다닐 만큼 무한히 넓은 공간을 꿈꾸던 이육사. 시를 생각하는 것이 행동이고자 했던 이육사. 시를 통해 세상을 바꾸고 싶었던 이육사. 그러나 여러 가지 이유로 시를 쓸 수 없었던 이육사. 이 시는 이런 이육사의 고백이다. 시를 쓸 수 없는 아픔의 고백이다.

편복

광명을 배반한 아득한 동굴에서
다 썩은 들보와 무너진 성채의 너덜로 돌아다니는
가엾은 박쥐여! 어둠의 왕자여!
쥐는 너를 버리고 부잣집 곳간으로 도망했고
대붕도 북해로 날아간 지 이미 오래거늘
검은 세기의 상장이 갈가리 찢어질 기—ㄴ 동안
비둘기 같은 사랑을 한 번도 속삭여 보지도 못한
가엾은 박쥐여! 고독한 유령이여!

앵무와 함께 종알대어 보지도 못하고
딱따구리처럼 고목을 쪼아 울리도 못하거니
마노보다 노란 눈깔은 유전을 원망한들 무엇하랴
서러운 주문일사 못 외일 고민의 이빨을 갈며
종족과 홰를 잃어도 갈 곳조차 없는
가엾은 박쥐여! 영원한 보헤미안의 넋이여!

제 정열에 못 이겨 타서 죽는 불사조는 아닐망정

공산 잠긴 달에 울어새는 두견새 흘리는 피는
그래도 사람의 심금을 흔들어 눈물을 짜내지 않는가?
날카로운 발톱이 암사슴의 연한 간을 노려도 봤을
너의 머—ㄴ 조선의 영화롭던 한 시절 역사도
이제는 아이누의 가계와도 같이 서러워라.
가엾은 박쥐여! 멸망하는 겨레여!

운명의 제단에 가늘게 타는 향불마저 꺼졌거든
그 많은 새짐승에 빌붙을 애교라도 가졌단 말가?
호금조처럼 고운 뺨을 채롱에 팔지도 못하는 너는
한 토막 꿈조차 못 꾸고 다시 동굴로 돌아가거니
가엾은 박쥐여! 검은 화석의 요정이여!

너덜 돌이 많이 흩어져 있는 비탈.

대붕 하루에 구만 리를 날아간다는, 매우 큰 상상의 새.

상장 상중임을 나타내기 위하여 옷깃이나 소매 따위에 다는 표.

마노 누런빛을 띠는 보석의 일종.

홰 새장이나 닭장 속에 새나 닭이 올라앉게 가로질러 놓은 나무 막대.

조선 조상.

아이누 일본 홋카이도와 사할린에 사는 한 종족. 유럽 인종의 한 분파에 황색 인종의 피가 섞인 종족이었으나, 일본인과의 혼혈로 본래의 인종적 특성과 고유의 문화를 점차 잃어가고 있다.

호금조 참샛과의 새로 화려한 깃털을 지니고 있다.

채롱 새장.

어둠의 왕자, 고독한 유령

편복은 박쥐를 뜻한다. 박쥐는 쥐처럼 들짐승이기도 하고, 대붕처럼 날짐승이기도 하다. 바꿔 말하면, 박쥐는 들짐승에 속하지도 못하고 날짐승에 속하지도 못한다는 뜻이다. 그래서 쥐처럼 이익을 좇아 도망치지도 못하고, 대붕처럼 터전을 떠나지도 못한다. 여기에도 저기에도 속하지 못하고 어두운 동굴 속 무너진 성채 위를 홀로 돌아다니는 어둠의 왕자이다. 암흑의 시기가 길게 이어지는 동안 비둘기와 같은 평화의 상징이 되지도 못한 고독한 유령이다.

보헤미안의 넋

박쥐는 앵무새처럼 종알대지 못한다. 딱따구리처럼 나무를 쪼아대지도 못한다. 자기 소리를 내어보지도 못하고, 나무를 쪼아 집을 만들지도 못한다. 종족과 터전을 잃고 갈 곳조차 없는 가여운 존재. 아무것도 할 수 없이 떠돌아야 하는 존재. 영원한 보헤미안 같은 존재이다.

멸망하는 겨레

박쥐는 자신의 몸을 불사르는 불사조와 같은 정열도 없다. 피를 쏟으며 우는 두견새처럼 사람의 심금을 울리는 한을 가진 것도 아니다. 영화롭던 한 시절에는 날카로운 발톱으로 사슴을 사냥한 역사도 있었지만 이제는 아이누처럼 멸망해가는 겨레이다.

검은 화석의 요정

운명의 제단에서 타던 향불마저 꺼졌다. 종족을 이어갈 희망도 사라졌다. 호금조처럼 화려한 깃털도 없고 애교도 없다. 다른 새들과 함께 어울려 살 수도 없다. 꿈 한 번 꾸지 못하고 다시 동굴로 돌아가야 한다. 박쥐는 어두운 동굴에서 거꾸로 매달린 채 검은 화석이 되는 수밖에는 없다. 가여운 존재이다.

이 시는……

이 시는 유고 작품으로 전해지다가 1946년 《육사시집》에는 실리지 못하고, 1956년 《육사시집》부터 수록되었다. 또한 이육사의 대표작 <광야>, <절정>, <청포도> 등과는 다르게 친필 원고가 남아 있는 작품이기도 하다.

박쥐는 사람들이 좋아하는 동물은 아니다. 이는 박쥐의 이중적인 속성 때문이다. 박쥐는 날 수 있는 유일한 포유류이다. 이 이중적인 속성은 한편으론 들짐승도 아니고 날짐승도 아니라는 뜻도 된다. 이도 저도 아닌 존재인 박쥐. 이 시는 박쥐의 슬픈 숙명을 그리고 있다.

이 시의 화자는 박쥐에 대해 말하지만 잘 읽어보면 화자가 박쥐이고 박쥐가 화자이다. 화자는 박쥐를 통해 자신의 처지를 돌려 말하고 있다. '가엾은 박쥐여!'라며 모든 연의 마지막에서 부르짖는다. 이 가엾은 박쥐는 어둠의 왕자이고, 고독한 유령이고, 영원한 보헤미안의 넋이고, 멸망하는 겨레이고, 검은 화석의 요정이다.

이런 박쥐의 모습을 읽다 보면 조국을 빼앗긴 채 암담한 삶을 살아가는 우리 겨레의 모습이 보인다. 유폐된 곳에서 벗어나기 위해 몸부림을 쳐보지만 한 토막 꿈조차 못 꾸고 다시 동굴로 돌아가야 하는 존재. 한 번도 사랑을 속삭여보지 못한 존재. 갈 곳조차 없는 존재. 영화롭던 한 시절의 역사가 서러운 존재. 박쥐는 우리 민족의 모습이고 육사 자신의 모습이기도 하다.

신석초는 <이육사의 추억>이라는 글에서 이 시에 대해 이렇게 말했다.

> 그는 나에게 <편복>이라는 자작 시고를 가지고 와 읽어주었다. 이 시편은 아직 탁마되지 않은 초고였으나 나에게는 그의 시작 가운데서 가장 중량이 있는 작품으로 보였다. 나는 감동하여 그 작품을 꼭 완성하라고 말하였다. 그는 뒤에 작품의 완편을 발표하려 했었는데 검열에 깎이고 말았다. 그때에는 일정(日政)이 모든 출판물을 사전 검열하던 때이다.

이 시가 집필된 건 1937년으로 추정되지만, 신석초의 말처럼 당시 일제는 사전 검열을 통해 "조선 민족의 현실을 허구, 그러니까 사실에 없는 일인데 사실처럼 꾸몄고, 개탄하고 있으므로 삭제."라며 편복의 출판을 허락하지 않았다.

신석초의 이야기가 아니더라도 우리는 이 시를 읽으면서 '영화롭던 한 시절'이 '아이누의 가계와도 같이' 멸망해 가는 우리 민족의 안타까운 모습을 어렵지 않게 그릴 수 있다. 신석초는 이런 이육사의 처절함을 잘 알고 있었기 때문에 이 시를 그의 시 가운데 가장 중량 있는 작품으로 느낀 것이다.

현재 이 시는 "당대 현실의 가장 극렬한 인식"을 나타낸 작품이란 평을

받고 있다. 신석초가 밝힌 바에 따르면, 이 시는 발표 전 검열로 인해 압수되었다가 후에 다행히 초고가 발견돼 시집에 수록된 곡절을 지녔다. 우리는 이육사를 민족 시인이라 부른다. 이 시는 이육사가 어째서 민족 시인인지를 잘 알려주는 작품이다.

이육사 연보

1904년 5월 18일	경상북도 안동에서 이가호와 허길의 6남 중 차남으로 태어남. 본명은 이원록.
1909년	조부 이중직에게서 소학을 배우기 시작.
1916-1919년	조부 별세. 도산공립보통학교(보문의숙을 공립으로 개편)에서 수학 후 1회 졸업.
1920-1922년	일가 전체가 대구로 이사. 안일양과 결혼. 처가 인근의 사립학교인 백학학원에서 수학.
1924-1925년	일본으로 건너가 1년간 유학 후 귀국. 형 이원기, 동생 이원일과 함께 항일운동단체에 입단.
1926년	북경 중국대학 상과에 입학해 7개월간 재학.
1927년	여름에 귀국. 장진홍 의거 사건(10월 18일)에 얽혀 구속됨.
1929년	증거불충분으로 출소.
1930년	조선일보에 첫 시 <말>을 발표. 중외일보 대구지국 기자로 입사.
1931년	‘대구격문사건’으로 구속. 3월 석방됨. 8월 조선일보 대구지국으로 옮김.

1932년	3월 조선일보 퇴사. 10월 난징 근교에 세워진 조선혁명군사정치간부학교 1기생으로 입교.
1933년	4월 20일 1기생으로 졸업. 6월 상하이에 머물다 루쉰을 만남. 7월에 서울로 잠입.
1934년	조선혁명군사정치간부학교 출신임이 드러나 경찰에 구속. 6월 석방.
1935년	신석초와의 교류 시작. 《신조선》 편집에 참여. <춘수삼제>와 <황혼>을 시작으로 본격적인 시 발표.
1939년	서울 종암동으로 이사. <청포도> 발표.
1940년	<절정>, <광인의 태양>, <교목> 등 발표.
1943년	한글 사용 규제받자 한시(漢詩)만을 발표. 4월 북경으로 감. 무기 반입 계획이 발각돼 북경 일본영사관 감옥에 구금됨.
1944년	1월 16일 새벽, 북경 일본영사관 감옥에서 순국.
1945년	동생 원조가 유고 시 <꽃>, <광야>를 소개.
1946년	동생 원조가 《육사시집》을 출판함.

이육사를 읽다

강철 같은 의지와 무지개 같은 희망의 시

1판 1쇄 발행일 2021년 4월 5일
1판 3쇄 발행일 2022년 10월 24일

지은이 전국국어교사모임

발행인 김학원
발행처 (주)휴머니스트출판그룹
출판등록 제313-2007-000007호(2007년 1월 5일)
주소 (03991) 서울시 마포구 동교로23길 76(연남동)
전화 02-335-4422 **팩스** 02-334-3427
저자·독자 서비스 humanist@humanistbooks.com
홈페이지 www.humanistbooks.com
유튜브 youtube.com/user/humanistma **포스트** post.naver.com/hmcv
페이스북 facebook.com/hmcv2001 **인스타그램** @humanist_insta

편집책임 문성환 **편집** 윤무재 **디자인** 유주현
용지 화인페이퍼 **인쇄** 청아디앤피 **제본** 정민문화사

ISBN 979-11-6080-624-3 43810